RÖD SKUGGA

Harald Hindriks

RÖD SKUGGA

Harald Hindriks

www.PenguinComics.com

"Anwar Sadat mördad i attentat", läser löpsedeln på den gula kioskväggen.

Anton Jakobsson köper ett ex var av Aftonbladet och Expressen. Bägge har samma förstasida, den här kalla 6:e oktoberkvällen, 1981.

Ett par steg från kiosken sitter en dam på en parkbänk. Även hon läsandes kvällstidningen. Det ser kallt ut, men Anton viftar bort lite snö och sätter sig ner, med överrocken som skydd.

– Vi eller dom? frågar damen.
– Inte vi, vad jag vet.
– Reagan, alltså?
– Amerikanerna skulle inte skjuta hej vilt i en arméparad. Han hade inhemska fiender också, svarar Anton medans han tänder en cigarett. Han visar cigarettpaketet till damen, men hon skakar på huvudet.
– Jag försöker sluta.
– Vem gör inte det?

De reser sig upp och går in i Läroverksparken. Träden är vita av snö, fontänen avstängd och isbelagd. Den vackra byggnaden har istappar hängandes från takrännorna som glittrar lite i ljuset från lyktorna. Anton stannar vid ett träd. Han fortsätter:

– Lyssna noga nu, Erika. Vi bygger ett brohuvud. Den amerikanska attacken är förestående, kanske veckor, månader. Brezjnev vill förekomma dem...
– Men... det betyder krig?!

Den unga kvinnan ser häpen ut. Inte skräckslagen – bara förvånad.

– Karlskrona är minerat. Med ett par enkla strategiska kärnvapen slås den mesta stridsledningen ut i hela Sverige. Gotland blir dock vårt för kontroll över Östersjön.
– Och vi?
– En officer inom MUST arbetar på SSAB i Borlänge. Du måste få ut honom därifrån innan helgen den 24:e-25:e.

Anton ger henne ett kuvert ilagt i Expressentidningen. Hon nickar.

– Erika... Ekaterina...

Erika stoppar honom.

– Använd inte mitt riktiga namn.
– Det här är den sista gången vi ses.

Hon vänder sig om och går ett par steg. Anton går
därifrån, åt andra hållet, upp mot Postenparkeringen
och Stora Torget.

Efter ett par steg stannar Anton, vänder sig om ser att
hon försvunnit bland husen.

* * *

”Välkommen till Visby”, står det på en sliten skylt
längs vägen. I bakluckan på Erikas slitna Volvo 140
ligger Tore Gunnarsson ihopvikt, bunden och sövd.

För bara ett par dagar sedan hade han ett lugnt liv i
Borlänge där han arbetade som förman för travers-
förarna på SSAB. Men så hade Erika dykt upp, fått
med honom på en blöt utekväll – som slutade i
hennes baklucka.

Volvon letar sig in bland ett par äldre industribygg-
nader vid hamnen. Ett par dammiga plåtportar till en
mindre fabrikslokal öppnas och Erika kör in.
Portarna stängs kvickt bakom henne av två killar i
yngre tjugoårsåldern. De säger inte ett ord. Nu när
hon tänker efter har de aldrig gjort det.

Erika kliver ur. På en avsats en bit bort står en äldre
herre i lång mörk rock, gråvitt hår och stora mörka
glasögon. Kontrasten är stor mot Erikas blonda,
typsvenska, utseende. Mannen har sin hatt i handen,
vilken han lägger på en smutsig bänk medans han går
nerför en ståltrappa mot Erika och hennes bil.

Hon pekar på bagageutrymmet och de två killarna går
dit, men öppnar inte.

– Han är där, Kamrat Kudrjavtsev.
– Mycket bra, Erika.

* * *

Olof står vid Totem-flipperspelet på caféet i Hofors.
Den här kvällen går det inte särskilt bra. Men å andra
sidan kommer han istället ihåg bussen hem.

8

Klockan börjar närma sig, han har ändå inga fler credits kvar.

Ute i kylan känns de fem minuter som det är kvar tills bussen ska komma, ungefär som en halvtimme. Han fryser. Om det ändå kunde hända något i den här hålan. Vad som helst är bättre än det här. Skola, snö, kyla... Inte ens tillräckligt med pengar för att stå och spela flipper hela dagarna. Om han ändå hade en dator.

Bussen är varmare, men inte mycket. Han behöver ha jackan på hela vägen.

Hans mor sitter uttröttad vid köksbordet och läser en kvällstidning. Pappa har inte kommit hem än. Men han borde komma snart.

– Jag har lite läxor, säger Olof uppgivet, medans han stegar uppför trappen.
– Häng åtminstone upp din jacka!

Ett par steg tillbaka, upp med jackan på kroken, sen uppför trappen.

Läxböckerna får ligga på skrivbordet. Hörlurarna sätts i bandspelaren - "Ooa hela natten" spolas fram. Där är den. Senaste Fantomen och bra musik – alltid något, tänker Olof, och lutar sig tillbaka mot kuddarna i sängen.

* * *

Överste Kudrjavtsev öppnar Volvons baklucka och tar en titt på Tore, som precis börjar vakna upp. Tores ögon är fyllda av skräck – han vet precis vad KGB är kapabla till.

Erika vinkar till de två yngre killarna, som raskt och bryskt sliter upp Tore från bagageutrymmet, släpar honom över fabriksgolvet och slänger ner honom på en stol.

– Ge honom något att dricka, säger Kudrjavtsev på snudd på perfekt svenska.

Tores munkavle dras bort av den ena killen och den andre ger honom en iskall Fanta med sugrör. Glupskt drar han i sig halva burken, innan den ställs undan på bordet.

– Martin Tore Gunnarsson. Överste, Militära Under-
rättelsetjänsten, MUST. Placerad på SSAB i Borlänge
för kontroll av de nuvarande strategiska planerna i
händelse av krig. Vad tänker ni bygga där? Tanks?
Flygplan?
– Jag är metalltekniker på SSAB. Det är det enda – ni
måste ha tagit fel person, jag vet ingenting om...
– Schh... Vi har inga hemligheter för varandra. KGB,
MUST... Jag är överste Kudrjavtsev, KGB. Du är
Överste Gunnarsson, MUST. Nu, låt mig ställa frågor
så slipper vi en massa elände. Okay?

Tore blundar. Han funderar på sin fru, sina två döt-
trar, huset i Paradiset i Borlänge. Tjärna Ängar. Inte
direkt ett paradis, men man kallade det så. Den stora
planen där han brukade spela fotboll i en svagt närd
medelålders dröm om att få spela i Brage, på
Domnarvsvallen. Nu, fastbunden på en stol hos KGB-
agenter. Var? Han har ingen aning.

Erika går upp till honom, böjer sig fram och viskar i
hans öra:

– Du har mindre än en minut på dig att berätta vad
du vet om försvaret av Gotland.

Tore tittar upp på henne, leende. Han nickar. Nu äntligen något att sätta emot.

* * *

Anton Jakobsson sätter sig vid ett litet bord i den så gott som tomma cafélokalen. Elsa, servitrisen, kommer fram med en kopp kaffe och en mazarin och ställer ner dem framför Anton. Han tackar, hon ler, och går bakom disken. Hon håller så gott som på att stänga.

Totem-flipperspelet blippar till. Anton tittar på det och funderar på kapitalismens under. I Sovjet får man köa i timmar för att spela ett enda spel. Här har han bara sett en tonårsgrabb förlora ett par kronor innan han sprang till bussen. Inte någon annan står på tur. Hur kan det komma sig?

Anton dricker av kaffet. Det är hett, men gott. Det här caféet i Hofors är hans favorit. Inte bara för kaffet – utan även för den svenska flygvapenmekaniker som han bruka träffa här. Idag är mekanikern sen. Men alldeles innan Elsa låser dörren hetsar den unga Patrik in genom dörrarna.

– Är det okay om vi tar en påtår innan du stänger, frågar Anton.

Elsa nickar och hämtar kannan. Patrik slår sig ner framför Anton. När Elsa avvikit och gått in i köket överlämnar Patrik två fotografier till Anton, som kvickt studerar dem innan han lägger sin Aftonbladet-tidning över dem.

– Jag vet inte hur många flygplan som Riksväg 80 ska klara, men i händelse av krig så kommer det att vara väldigt mycket folk utplacerat längs hela vägen, iallafall, säger Patrik.
– Jo, det förstår jag, svarar Anton med ett leende. Vad vet du om kommunikationsanläggningen?
– Krypterad. Väldigt effektiv. Svår att slå ut. Det ena fotot föreställer kopplingsdosorna i marken – det andra...

Han blir avbruten av Elsa som kommer ut ur köket. Hon tittar på dem. Avvaktar. Går sedan tillbaka.

– Det andra är depåfickorna. Det finns ganska många, utspridda längs hela riksvägen.
– Bra... mycket bra.

– Kan jag gå?
– Visst... Men krypteringen? Du kommer att få ut en nyckel?
– Ja... men det blir dyrt...
– Du har ett paket. På samma ställe som vanligt. Jag hoppas jag hittar en krypteringsnyckel där när jag återkommer?

Patrik nickar svagt.

– Mycket bra.

Patrik reser sig upp. Så snabbt att han nästan välter bordet. Han skyndar mot ytterdörren, rycker upp den så klockan skallrar till och springer ut i kvällssnön.

Anton avslutar sin sista kopp kaffe. Reser sig, går fram till disken.

– Ber om ursäkt för att det drog ut på tiden.
Adjö, så länge.

Elsa skyndar ut från köket.

– Åh... adjö adjö!

* * *

Tore rycker till. Han vaknar upp. Tydligen från medvetslöshet. Hans ansikte bränner. Ena ögat igenmurat. Erika måttar ytterligare ett slag mot honom och han försvinner in i medvetslöshet igen – Kudrjavtsev skrikande i bakgrunden att Erika skall lägga av.

Kudrjavtsev drar Erika från den sönderslagna kroppen.

– Det räcker. Han förstår.

Erika går fram till bordet vid sidan om Tore. Hon tar en oöppnad läskburk, öppnar den och dricker ett par klunkar. Kudrjavtsev går fram till henne, lägger handen på hennes axel.

– Spetsnaz har minerat hamnen i Karlskrona. Vi vet det mesta om Gotlands försvar. Vi har snart all information vi behöver om flygvapnets kommunikationskryptering. Du vet vad det betyder. För oss. För dig. För mig.

Erika tittar på honom.

– Jag är inte rädd för kriget. Är du?
– Självklart inte. Vi har våra order även i ett sådant läge. Han vaknar...

Tore tittar upp.

– Det räcker... det räcker... ge mig nåt att dricka, flämtar Tore, blödande och svettig.
– Varsågod.

Erika ger honom återigen läskburken. Han slukar det sista. Han öppnar sitt fungerande öga, kisar mot Erika.

– Lv2, luftvärnet. Ett par stridsvagnar – Centurionklass. Skyttesoldater, värnpliktiga.
– Hamnen?
– Hamnen? Det vanliga... värnpliktiga.
– Och om hamnen tas genom en överraskningsattack?
– Nej, inga sprängkistor... värnpliktiga. Det är allt.
– Inga sprängkistor i hamnen? Det kan inte stämma.
– Jo. Det är sant, rosslar Tore. Han hostar, blinkar. Försöker fokusera.

– Hur många värnpliktiga totalt?
– Vet inte... många...

Kudrjavtsev nickar. Hans mun snörpar ihop sig. Han blundar. Så tittar han upp på Erika med en lätt nick.

Erika drar upp en High Standard-pistol med ljuddämpare. Ett dovt tjoppande ljud, som när man drar en sugpropp från ett fönster. Tore säckar ihop på stolen med ett blödande hål i pannan.

– Jag signalerar Moskva. Hamnen är nyckeln.
– Kan vi lita på honom, undrar Erika.
– Kanske inte. Men vi har ingen information om att sprängkistor byggdes in i hamnen, så det kan mycket väl stämma.
– Försvaret är dock ganska väl utbyggt.
– Nej, de förväntar sig en regelrätt attack. Flyg, stridsfartyg... Hamnen är nyckeln. Hela Gotland kommer att vara utslaget innan de vet vad som skett.
– Jag antar att jag ingår i mottagningskommittén?
– Det stämmer. Se till att du har tillgång till Visby hamn tjugofyra timmar om dygnet från och med nu. Lastbåtens namn kommer att ges till dig i den vanliga kommunikationen via radio.
– Och sen?
– Du får vidare information efter det. Vila dig nu. De närmaste veckorna blir... annorlunda.

***

Olofs bläddrande i en Intellivision-broschyr är
håglöst. Han stirrar på mittuppslaget med flera oli-
ka sportspel och ett par andra, som t ex Sea Battle,
Space Battle och det han verkade mest nyfiken på –
Auto Racing. Den kartongen ligger där, gömd i bak-
grunden, till stor del dold av NFL Football (vilket för
Olof inte ser ut som ett fotbollsspel överhuvudtaget).

Olof tittar ut genom fönstret. Det är mörkt. Han
vet inte vilken tid det är, men det kan vara natt. Han
måste ha somnat på sängen, igen. Undrar om pappa är
hemma? Vilken dag är det? På onsdagar kommer han
alltid hem sent på grund av sitt möte.

Dörren öppnas svagt. Olof kikar ut, nerför trappen.
Det lyser i köket. Någon skramlar med något, kanske
en kopp. Det är nog pappa som precis kommit hem,
ska ta något att äta innan han går i säng. Klockan bör
vara kring tio på kvällen. Olof går nerför trappen, in i
köket. Hans far står vid kylskåpet.

– Är du vaken än, frågar Ernst.
– Hej pappa. Kom du hem precis?

– Mm. Finns det ingen ost kvar?

– Jag tror den tog slut i morse.

– Då går jag i säng. Det måste du också göra. Du har väl skoldag imorgon precis som vanligt?

– Va..? Ja... jag...

– Bra. God natt.

Ernst går in i badrummet på bottenvåningen och låser dörren efter sig. En hastig blick på dagstidningen på bordet avslöjar att det är onsdag den 14:e oktober. Klockan på väggen visar 23:12. Senare än han trodde. Han går upp för trappen igen, gör sig redo att gå i säng, kryper ner och bläddrar lite mer i Intellivision-broschyren. Det tar inte lång tid innan han somnar.

* * *

– Två, nio, sju, fem, fem.

Erika skriver hastigt ner siffrorna i ett litet block. Hon rättar till öronsnäckan och lyssnar på nästa del av siffrorna:

– Åtta, åtta, ett, sju, två.

Siffrorna skrivs ner på papperet. Hon skriver fort. Hon fortsätter lyssna. Ytterligare siffror skrivs ner, tills hela sidan är full av femsiffriga tal.

Efter en liten stund stänger hon av den lilla portabla radion, packar ner den i en stållåda med lås, tar fram ett annat litet block och börjar översätta sifferkombinationerna till bokstäver. Bokstäverna formar ord, orden meningar.

ANASTASIA. ANKOMMER 23 OKT.
INSTÄLL TILL ÖVERSTE ORLOV.
KARTLÄGG LV2, MKG, A7, P18.

Erika drar upp en bräda ur golvet, lägger ner stållådan och täcker sedan för med brädbiten och matta. Den lilla stugan nere vid hamnen har normalt tjänat som tulltjänstebostad, men har de senaste åren använts som ett mindre lager för lokala entreprenörer. En för liten säng stör inte Erika, men avsaknaden av normala toalettfaciliteter är jobbigare. Men hon har varit med om värre.

Hon kikar ut genom det smutsiga, fettfläckiga, fönstret. Ljus från en lots sipprar in, annars är det mörkt och tyst.

Kartlägg försvaret. De värnpliktiga. Vad var det nu han hette, befälhavaren? Bengt... Bengt Tamfeldt.

Erika plockar upp sin High Standard, sätter den i axelhölstret, drar över sin vinterrock. Hon kontrollerar sin kniv vid ena ankeln och går ut i kylan. Hamnen är blåsig, isig, kall. En bit bort lastas lårar på en mindre båt. Annars är det folktomt.

Hon traskar iväg åt motsatt håll, upp mot staden och mot garnisonen. Hon vet var befälhavaren Tamfeldt bor, var han brukar sova. Hon vet också att han är välbevakad. Men det har aldrig stoppat henne tidigare.

* * *

Anton vaknar av klockradion. Kent Finells röst fyller hans lilla sovrum:

– Och trea är fortfarande Noice med "Vi rymmer bara du och jag".

Låten börjar spelas. Anton gillar inte svensk pop. Han gillar inte idén med Svensktoppen heller. Ett fasansfullt kommersiellt program som bara syftar till att sälja mer skivor. Han håller med kritikerna. Resolut stänger han av radion och kliver upp. Klockan är över halv tolv. Han sov länge. Var ute länge. Tog foton vid I13 i Falun. Har lyssnat på Erikas signal om kartläggningen av P18 på Gotland.

Anton klär sig, äter frukost. Den lilla lägenheten på Lustiknopp är enkel, men bra för hans syften. Bara ett par dagar kvar.

Han vet vad planen är – att använda Gotland som brohuvud, stärka positionen i Östersjön, slå ut möjligheterna för en amerikansk kärnvapenattack. En återgång till ett "normalläge" i Europa, där Sovjetunionen inte tappar mark mot den amerikanska aggressionen, som Brezjnev förklarat. Moskva vill inte ha krig – men stabilitet. Ett par dagar till och sen kanske han till och med kan resa hem, ta en promenad i Gorkijparken med hans mor, äta riktig mat.

Men ifall att allt inte går som det ska så finns en trälår under sängen. Idag känner han sig uppgiven, och när han gör det brukar han alltid kontrollera så att allt står rätt till med lådan. Han drar ut den, öppnar den och kontrollerar innehållet.

En svensk AK-4:a, fyra stycken Walther PPK, ett par tusen patroner till vapnen, gasmasker – och förnödenheter. Kartor, lampor, batterier – tillräckligt med attiraljer för att klara ett mindre, personligt, krig. Och längst i botten, ett häfte med en plan. En gerillakrigsplan för att förgöra potentiella svenska militärfickor som skulle vara kvar – även om det yttersta inträffat.

Att gå igenom allt det där gör honom alltid på bättre humör. Han ler, blundar, stänger lådan och skjuter in den under sängen igen. Han hoppas såklart att han aldrig behöver få användning för sin plan – men skulle det bli så är han iallafall förberedd.

Anton går ut i köket, slår på radion, och lyssnar på Gyllene Tiders "(Kom så ska vi) Leva Livet". Etta den här veckan igen, tänker han. Hur kan svenskar ha så dålig smak?

* * *

Den här kvällen den 23:e oktober är kall och blåsig med en bris från havet som sticker i ansiktet på Erika. Hon ser lyktorna från containerskeppet Anastasia komma närmare. Den kommer att lägga till inom kort – bäst att hon är förberedd. Det är inte långt kvar nu.

Skeppet saktar ner rejält. Hon hör dieselmotorernas vrål, hon går närmare. När landgången till slut sänks ser hon den Västtyska flaggan vaja i aktern. En välbekant person står vid relingen och inväntar henne – Överste Orlov. Han är ung, hon känner honom väl. De kommer från samma by utanför Novosibirsk. Deras föräldrar var goda vänner. Hans något bättre positionerade inom KGB än hennes, men de hade bägge gått långt. Välkomnandet ombord Anastasia blir vänligt, omkramande. En nära vän är fortfarande en nära vän, även inom KGB.

– Innan vi går in på jobb – vill du ha någonting, Erika?
– Tack, Igor. Det har varit ett par jobbiga nätter, men jag klarar mig.
– Kom. Vi går in i min hytt. Lite vodka, lite kaviar... du behöver något fint.

Erika ler och följer efter sin vän in i de vindlande tunnlarna, stegarna och oljiga portarna genom Anastasia. En träpaneltäckt dörr öppnas och Överste Igor Orlov visar in Erika.

Det är en mindre hytt, men ändå välstädad, ren, och med ett bord i mitten av rummet med två stolar. På bordet står en flaska frostig rysk vodka, ett par tallrikar, kex, isig stenbitskaviar och två skålar borsjtj.

Erika slår sig ner på en av stolarna, Igor likaså. Med en gest förklarar han att hon är välkommen att ta för sig – vilket hon också gör. Riktig mat, äntligen. Som hon har längtat. Hon har inte varit tillbaka i Moskva sedan 1970. Elva år i Sverige har inte varit enkelt, inte särskilt kul heller, och deras mat är i det stora hela hemsk. Hur många kokta med bröd som hon plågat i sig på fredagskvällarnas informationssamlande kan hon inte komma ihåg – och vill inte heller. Helst inte när hon har livets alla läckerheter framför sig, samlade, på ett bord.

– Min bataljon är redo att slå ut hela Gotland. Vi behöver bara dina anteckningar för att sammanställa planen.
– Hur många man? Fyra hundra?

Igor nickar.

– Svenskarna är betydligt fler. De har även strids-vagnar, luftvärn...

– Luftvärnet har de ingen användning för. Känner du till uppdraget?

– Nej, inte i sin helhet.

– Vi har en Spetsnaz-styrka som lägger kärnvapen-minor utanför Karlskronas hamn. Svenskarna kommer inte att kunna komma till undsättning efter att vi tagit Gotland. Ön blir vår.

– Och sen?

– Vi går inte längre. Vi antar att regeringen faller, eller att vi kan göra upp med Fälldin. Men vi har redan kontakter inom VPK som kommer att ge oss tillträde till Palme. Det blir en enkel sak att få svenskarnas kapitulation.

– Så det är allt? Men NATO, amerikanerna?

– De kommer inte att riskera något för ett neutralt lands lilla ö i en avkrok de inte känner till något om. Men Gotland är viktig för vår vidare operation i Väst-tyskland. Vi har fått indikationer att våra kärnvapen inte kommer att vara lika effektiva... Amerikanerna utvecklar något... vi måste vara beredda på att bredda vår korridor mot resten av Europa.

– Så Gotland, sen politiska påtryckningar mot Västtyskland, Finland, antar jag?

Igor nickar. Han häller upp vodka i glasen, de skålar, dricker ur. Igor fortsätter:

– Det stämmer. Om ett par dagar plockas Spetsnaz-styrkan upp av S-363 – en av våra ubåtar i området – och samtidigt faller den här ön i våra händer. Du har gjort ett bra jobb, Erika. Vila dig nu. Jag har gjort i ordning en fin hytt till dig alldeles bredvid bryggan. Större än min.
– Tack, ler Erika. En till?

Igor häller upp. De dricker, skrattar. Igor lutar sig mot Erika:

– En sak till. Mina order är att föra dig tillbaka till Moskva. Du kommer att få en välförtjänt ledighet efter det här. Omplacering, kanske Ukraina eller något annat, vackrare, ställe.

Erika lyser upp. Hon blundar, tänker på Kiev där hon brukade vara på somrarna med sin familj när hon var liten. Att få lämna Sverige är något hon längtat efter sen hon steg av båten i Stockholm för elva år sedan.

Elva vidriga år.

* * *

"Rysk ubåt på grund utanför Karlskrona skärgård",
skriker löpsedlarna.

Erika läser radiomeddelandet hon fått av en av
Anastasias matroser. Korridorerna är fyllda av liv och
rörelse, dieselmotorerna är igång och den fyrahundra
starka specialstyrkan i containrarna under däck sitter
i en tryckt, pressad situation. Spelet har vänt – sven-
skarna fick övertaget utan att de ens visste om det.

En annan matros slår upp dörren, blek, rädd:

– Ni är väntad på bryggan, Kapten.

Erika svarar inte. Hon nickar. Hon följer matrosen
uppför branta trappsteg, möter andra matroser med
meddelanden, soldater, mekaniker. Allt är en enda röra.
Men utanför är allt lugnt. Hon ser genom ett runt fön-
ster ett övergivet fartygsdäck, som vore det i karantän.

Igor är lugn, men allvarlig. Det glada lynnet sedan
motagningsdagen för ett par dygn sedan är borta. Nu
är han sig själv.

– S-363 har fallit. En räddningsoperation har startat.
Minorna är inte upptäckta.

– Och vårt uppdrag?

– Vi tar ön i natt. De räknar inte med det, det blir
fortfarande en överraskningsattack – men det kan bli
lite hårdare strider.

– De är på sin vakt nu. Varför inte låta u-båten åka
hem först? De släpper den, om vi säger att det är ett
navigationsmisstag. En full styrman. Vänta ett par
dagar...

– Jag förstår att du är rädd om dina landsmän, kapten,
men du har ett ansvar att följa order precis som alla
andra.

– Men... Igor, du vet likaväl som mig att detta är ett
misstag, vi...

– Överste Orlov!

Hans ansikte är förvandlat. Hon har inte sett honom
så arg, någonsin. Med all rätta, förstås. Hans under-
ordnade på bryggan stannar upp. Hennes klavertramp
är överraskande stort. Hon skäms. Böjer ner ansiktet
och ber om ursäkt. Orlov pekar på dörren, hon går ut.

* * *

"Rysk ubåt på grund utanför Karlskrona skärgård".
Tidningens framsida är ilsken. Anton har inte läst
artikeln – det räcker med rubriken.

Han vet vad som kan hända när större operationer går
åt skogen. Den stora trålåren bärs ut i den väntande
Volvo-kombin. Den här tisdagen är kall, men han har
inte tid att tänka på komfort. Han sladdar iväg, ned-
för backarna mot innerstan.

Det tar ett par minuter innan han kommit fram till
området kring Falu Gruva och det stora hålet i mark-
en som kallas Stora Stöten.

På midsommardagen 1687 rasade stora delar av gru-
van in och skapade en enorm krater. Längst där nere
finns ingångar till den gamla gruvan – idag mest en
turistattraktion. Nu på vintern avstängd – perfekt för
vad han har planerat. Och han vet vart han ska, för
tidigare rekognoseringsrundor har gett honom bra
kartor för de nedersta ingångarna. Där finns ett par
elverk, kablar dragna och till och med en inkoppling
på telefonnätet.

Anton kör runt det stora gruvhålet, bort mot grindarna. En vanlig dyrk räcker för att få upp det rostiga hänglåset. Han kör ner för serpentinvägen, ända längst ner i det enorma hålet. Väggarna är täckta av snö, vägen är isig och oplogad. Det finns risk att köra fast, men han klarar det. Upp blir värre.

Har någon sett honom? Han ser sig om. Det börjar redan mörkna, trots att klockan är runt fyra på eftermiddagen. Det är kallare här nere i kratern. Men han har inte tid att fundera. Ingen syns till, så han öppnar bakluckan och bär in sin trälår i den närmaste öppningen. En bit in finns elverk, kabeldosor. Han plockar med sig allt nedför en ståltrapp och hamnar snart i ett mindre bergrum. Här placerar han alla saker, täcker med en presenning och sten. Det här blir hans tillflyktsort – om det behövs.

* * *

Skeppet skakas av en våg. Erika vaknar till. Det är kväll. Hon ser ut genom det lilla hyttfönstret – det är stilla. Rörelse i korridoren. Någonting sker. Ohörbara samtal, en del högröstade. Maskinellt, fortfarande sömndrucken, klär hon på sig och kliver ut i den slamriga metallgången. Ett par matroser rusar förbi, men i övrigt verkar allt normalt.

På bryggan finns enbart styrman och två underhuggare. Orlov syns inte till. Erika går fram till en av de yngre, en navigatör hon sett tidigare.

– Något nytt?
– Kamrat... Garnisonen har fallit. Våra elitstyrkor stormar just nu luftvärnet, LV2.
– Något motstånd?
– Nej... Sedan de tog S-363 så har de samlat allt vid...
– Okay, okay...

Hon viftar bort honom. Navigatören nickar, går tillbaka till sin arbetsplats.

Erika ser upp mot klockan på väggen. En stund efter nio. Svenskarna sitter bänkade framför nyheterna. Speciellt en dag som denna. Stora nyheter. Sovjet har gjort ett misstag – Sverige visar framfötterna.

Så dundrar det till och skallrar i alla fönster på bryggan när ett par jetplan bryter genom ljudvallen. De ryska soldaterna rusar till en utkiksplats och ser silhuetterna av ett par ryska Mig-27:or försvinna bort över havet. Det svenska luftvärnet är dödstyst.

Överste Orlov kliver in på bryggan – alla gör honnör. Även Erika. Han granskar henne, ler.

– Sovit gott?

Hon nickar.

– Vad är det som sker, frågar hon.
– S-363 gick på grund. Vi har Gotland. Men det verkar som om något annat skett... Vi får inte kontakt med Berlin, och inte Moskva heller. Flera Tu-16 har flugit över den senaste timmen... Jag tror...

Han skakar på huvudet.

– Vad? Erika ställer sig framför honom. Kräver ett svar, en fortsättning på meningen.

Han skakar på huvudet igen.

– Nej... jag tror det eskalerat för långt, för snabbt, svarar Orlov.

– Tror du att... NATO gått till attack? På grund av vår ubåt?

– Nej, det har skett annat också. Operationer i Bonn. CIA-agenter har tagit ut några av våra illegalister.

– Det är ju förfärligt! Vill amerikanerna ha krig?

– Ingen vet vem som gjort vad, först, men fortsätter det så här så...

– Och nu? Vad tänker du...

– Erika. Vi har våra order, vi avvaktar här, på plats. Vad som än sker så är det för Moderlandets bästa. Inte sant?

Erika nickar. Hon går fram till fönstret, ser ut, bort över det svarta vattnet mot det håll Sveriges kust ligger.

Så glimmar det till. Först som en liten blixt. Men snart växer det. Oroväckande mycket, oroväckande stort, snabbt. Gult sken, en explosion. Så långt från kusten – men ändå ser de tydligt hur en, två – flera, många – explosioner breder ut sig över det som måste vara Stockholmsområdet. Ett muller, blixtar – vrål från flygplan.

Kärnvapenexplosionerna är så kraftiga att vågor slår upp mot fartygen i hamnen. Plötsligt stängs allt ljus av, elektroniken på bryggan slutar fungera, panik utbryter hos bryggans personal – utom Orlov och Erika som står blick stilla och ser ut över den brinnande kusten.

Orlov ser på Erika. Hon är chockad. Orlov skriker ut order. Erika uppfattar inte annat än muller, röster – inga ord.

* * *

Det har gått lång tid sedan Olof flydde från den Sovjetiska attackhelikoptern, letade mat i atom-vinterdrabbade Falun och sett sitt familjehem brinna i lågorna från Hind-helikopterns missiler.

I en jeep på väg mot Gävle sitter han nu och fryser, bensinmätaren närmare och närmare noll för varje meter han åker.

Jeepen stannar. En bit bort syns en bro – men den ser ovanligt stor ut. En större väg korsar motorvägen – och under ser han något som gör honom nyfiken. Han kliver ur jeepen och knallar bort – och mycket riktigt, här finns en ståldörr. Den är dold, och det är mer en stållucka än en dörr – men det vittnar om att någonting finns här bakom som han kanske kan nyttja sig av.

Luckan är fast i berggrunden, med ett par runda ventiler ovanför. Berggrunden är hopbyggd med brofundamentet. Den är låst. Fordonet hämtas – och med den även hans fickkniv. Det är dock mycket svårt att pilla upp låset. Det tar honom flera timmar – men till slut lyckas han äntligen, med kalla dallrande händer, dra upp den grå stålporten.

* * *

Rummet är litet och oansenligt. Det hänger ihop med två andra som fortsätter in i berget. En liten – mycket liten – toalett, med handpumpad dusch – samt ett mindre kök. I det första rummet finns tre stycken våningssängar. Hela bergrummet är gjort för sex soldater – och här finns även någon form av kommunikationsutrustning. Den ser dock inte komplett ut. Kablar hänger som tåtar ur väggen – men Olof har ingen aning om vad man egentligen ska koppla in där.

Här finns till och med el! Det är ett svagt lysrörsljus som sprider sig härinne – men det är iallafall el. Det tar inte lång tid för honom att bestämma sig för att bli kvar här. Åtminstone för en tid.

Jeepen göms undan – en bra bit bort. Spåren döljs. Hans sista krafter går åt att dölja dörren, med en avhuggen gran som han gräver ner en bra bit framför porten. Låset fungerar fortfarande – från insidan.

Varm mat. Ljus. El. Sängar med sängkläder. Lådor med uniformer – om än något stora. En dusch. Även om det är kallt vatten är det skönt att äntligen bli av med allt elände han samlat på sig under de senaste dagarna. Det ser ljust ut, tycker Olof.

* * *

De senaste dagarna i sitt nya hem har Olof ägnat åt att försöka få igång radion. Kanske finns det andra där ute som har klarat sig, som har andra förnödenheter att sälja. Sälja? Byta, möjligen. Fungerar pengar? Olof har inte ens funderat i de banorna.

Så sprakar radion till. Ett brus flödar ur högtalarna. Det piper, viner. Han vrider runt frekvensratten, det fortsätter tuta, spraka och knastra. Inga ord – bara brus.

I timmar sitter Olof och letar igenom frekvens efter frekvens. Systematiskt, alla band. Ett efter ett. Så tillbaka till början, och om igen med nytt brus, nya tut, nya sprak. Men inga ord.

Lite mat. Konserver. Ärtsoppa idag. Vatten att dricka. Det är torftigt, men det är bättre än att frysa utomhus. Han har kikat ut ibland, försökt dölja sig och stålporten till sitt nya hem så mycket som möjligt – och sett förbipasserande överlevande. Alltid ruggslitna, illa klädda, hungriga, desperata. Släpandes gamla Konsumkassar och uthungrade. Som tomma vrak på väg mot intet.

Radion knastrar, en röst hörs. Svagt mummel, bruset tar överhanden. Olof kastar sig mot kontrollerna, lyssnar i hörlurarna, vrider upp volymen. Han rattar frekvenserna, men rösten försvinner. Kort vridning tillbaka – där är den igen. En kvinnoröst. Hon säger samma sak om och om igen, ett inspelat meddelande. Han hör fler ord nu. Det är en mening. Flera meningar.

– Söker överlevande. Stanna på den här frekvensen. Finns på plats klockan arton. Söker överlevande. Stanna på den här frekvensen. Finns på plats klockan arton. Söker...

Olof skriver ner frekvensen på ett litet block. Han kikar på sitt armbandsur. Klockan är bara efter ett på dagen. Var kan kvinnan vara? Gävle? Falun? Det kanske finns en grupp överlevande i närheten, kanske städerna längre norrut klarat sig bättre?

Olof blir sugen på att ta sig in mot Gävle för att se om det finns spår av andra människor där, men oroar sig samtidigt över de ryska soldaterna. Han har inte hört så mycket överflygningar – men å andra sidan hör man inte mycket i den här bunkern överhuvudtaget. Det kanske är dags för lite frisk luft.

$$* * *$$

Erika vaknar med ett ryck.

En grotta en bra bit från hamnen har varit hennes provisoriska hem de här dagarna efter katastrofen. Kärnvapnen smulade även sönder de Sovjetiska radiokommunikationerna, vilket i sin tur gjorde att flera enklaver av stridande enheter drabbade samman.

De svenska styrkorna på Gotland utplånades under paniken som följde, och staden sattes snart i brand.

Civila försökte fly till det brinnande fastlandet medans ryska landsättningsskepp blev sönderskjutna av NATO-flyg. Hon flydde skeppet när det stod klart att det här inte längre var en Moskvaledd operation, utan nu ett fullskaligt krig. Det dröjde inte länge efter att hon sökt upp den gamla smugglargrottan innan Visby hamn förvandlades till en krater i ytterligare en kärnvapenexplosion – vem som släppte den missilen är det nog ingen levande som vet.

Bredvid henne tickar den bilbatteridrivna radion med det bandade meddelandet hon sänt ut de senaste två dygnen. Hon kontrollerar sina vapen – en Walther PP-pistol och en Scorpio, ett litet maskingevär hon lyckades få med sig i flykten från båten. Inte mycket ammunition dock – ett par hundra skott totalt. Och mat – ett par konservburkar, lite bröd, en flaska vatten och en flaska vodka. Hon klarar sig ett par dagar – men sen?

Om hon finner andra överlevande kanske hon kan få reda på mer vad som skett, kanske till och med hjälpa till att stabilisera läget – om det nu finns något kvar att stabilisera.

Men var står hon nu? Vart ska hon rapportera? Orlov gick under med skeppet – det är hon övertygad om – och på så sätt är hon nu sin egen, att utföra Moderlandets vilja, genom sig själv. Men hon är samtidigt inte helt säker på att operationerna som ledde upp till denna ödesstund var det rätta.

Det sprakar till i högtalarna. En överlevande? Eller bara vanliga störningar? Det första dygnets elektronikhaveri gjorde att hon tvingades samla delar till den tillfälliga radiostationen över ett mycket stort område. Hon vänder sig mot radion, tar upp hörlurarna. Lyssnar. Brus. Sprak. Knaster. Inga röster, ingenting.

Klockan är inte än arton. Hon lägger ifrån sig radioutrustningen och lägger sig ner på den utrullade sovsäcken. Vilar. Åter till drömmen.

* * *

Gävle hade uppenbarligen blivit helt utplånat. Från Riksväg 80, in mot staden, fanns det nästan inga byggnader kvar alls. Alla träd hade brunnit upp, och det såg ut att fortsätta många mil norrut. Olof stod och tittade ut över Östersjön från utkiksplatsen där han många gånger tidigare varit med sina föräldrar – nöjesfältet Furuvik. Men det enda som återstod av berg-och-dalbanan, karusellerna och den stora scenen var förvriden metall som nu mer såg ut som jättelika förkolnade spindlar.

Han tar sig ner mot spelhallen där han gjort av med alldeles för många enkronor.

Ett par av flipperspelen kunde han känna igen titlarna på – glasen hade visserligen blivit sönderbrända i eldstormen, men på vissa ställen fanns både dekaler och färg kvar. Ballys Supersonic, med sina läckra flygplan och Williams Tri Zone med sitt rymdutseende. Arkadspelen stod som ensamma TV-apparater i svarta skåp – helt oigenkännliga.

Inga överlevare. Inte det minsta tillstymmelse till liv, någonstans. Och då hade han ändå gått från sin bunker och hit under säkerligen en timmes tid. Han kikade ner på armbandsuret. Klockan var snart fem på eftermiddagen. Dags att börja gå tillbaka, om han inte skulle missa den utlovade radiosändningen.

Så hörs en motor.

Olof gömmer sig bakom bråte som en gång i tiden varit ett spökhus. Det nedrasade tornet passar utmärkt för hans syften nu. De gamla skeletten och monstren ser mest patetiska ut i dess sönderbrända form, med färgen flagnad och sotet klibbat över sig.

Det är en stor motor, mullrande. Flera fordon. Kanske en militärkollon? En konvoj som söker efter överlevande? Olof tvekar – han vill se dem först innan han gör något försök till kontakt.

Först kommer en jeep – en stor pickup – åkande. Det är en amerikansk pickup, med väldigt stora däck. Svart av damm och sot, med sönderslagna rutor.

Minst två personer sitter i förarhytten – och en handfull på flaket. En del av dem har ryska, trasiga, uniformer – andra bara svarta bylsiga skinnjackor.

Efter pickupen åker en annan amerikansk bil. Olof känner igen biltypen – en Ford, tvådörrars, med V8. Det hörs på mullret, tänker han. Totalt säkert ett dussin beväpnade män med Kalasjnikovs och svenska AK-4:or. Någon med små maskingevär som för Olof ser ut som förvuxna pistoler.

Konvojen glider hotfullt genom Furuvikparkens katastrofområde, ut mot kusten. Olof håller sig dold. Det här ser inte ut som en hjälpkonvoj. Och de ryska uniformerna gör honom ännu räddare.

Bilarna stannar, med motorerna på. Ur förarhytten från pickupen kliver en man i dryga trettioårsåldern, med lång slängande överrock. Inga synliga vapen, oborstat mellanblont hår, stora militärkängor och glasögon av äldre motorcykeltyp.

På klingande svenska skriker han:

– Halt! Vi fortsätter mot kusten, sätter upp basläger där. Ni, säger han pekandes på Forden, gör en rekognoseringstur kring parkområdet. Jag vill veta om det finns något liv här överhuvudtaget.

En av soldaterna med AK-4 går fram till honom:

– Överste Jakobsson.
– Det är okay, Nils. du kan kalla mig Anton.
– Anton... Riksvägen är ju full av... oss. Svenska soldater. De ryska...
– Nils... Vi har alla vandrat lång omväg från Falun.

Om vi inte finner något liv här så återvänder vi till vår huvudbas och opererar därifrån. Vi måste alla vila...

Nils nickar. Anton vänder sig mot gruppen igen. Han harklar sig och börjar sedan tilltala konvojen på ryska.

Medans soldaterna är upptagna med att lyssna på Anton smyger Olof iväg från spökhuset, in mot det som en gång i tiden var ett skogsbryn. Bland sönderbrända träd och svarta stenar, smyger han hukad så långt han kan – tills han inte längre kan se eller höra bilarna.

Så börjar han springa.

* * *

Tre eftersläntrande svartklädda män med maskingevär diskuterar någonting kring en gran. Olof dyker kvickt ner bakom ett par buskar. Han försöker utröna vad de säger, men de talar ryska. Två av dem avviker snart. Den tredje ställer ner sin Kalasjnikov mot trädet, tar ett par steg in i ett skogsbryn, knäpper upp byxorna och börjar urinera. Ett långt "Aaaa", stönar han ut. Olof tar tillfället i akt.

Sakta smyger han fram mot trädet. Vapnet står lutat bara ett par meter bort. De andra två hörs fortfarande gå bortöver, mot Furuviksparken. Olof tvekar, men så smyger han fram, sakta, genom riset och stenarna. Han sliter åt sig geväret och smiter genast tillbaka samma väg han kom.

Han stannar bakom buskarna, kollar fotspåren han lämnat i snön och sotet. Kvickt – han kommer att fångas om han inte kommer på en lösning. Så ser han en bit bort en mycket stenigare mark som leder bort mot den asfalterade vägen. Han springer, hukad, snart över stenarna sen korsar han vägen. Ner bland granriset, in bland trädet – bort, bort och iväg.

Soldaten har inte ens knäppt byxorna innan Olof är långt bort, helt utom syn- och hörhåll. Olof noterar inte ens när han börjar skrika okvädesord till sina kamrater, som han uppenbarligen tror spelat honom ett spratt.

* * *

Olof kommer ut på en gammal stormarknads parkeringsplats. Han sätter sig ner mellan ett par bilvrak och kontrollerar vapnet. Det är laddat med arton patroner. Han försöker utröna vad de olika markeringarna på reglagen betyder, trycker av avtryckaren utan att ha magasinet i, känner sig för och bekantar sig med det nya. Så laddar han den, drar tillbaka slutstycket och hänger upp vapnet på ryggen – som han sett de ryska och svenska soldaterna bära sitt maskingevär.

Han smyger bort mot den gamla stormarknaden. Den ser ut att ha blivit helt jämnad med marken. De få träd som finns kvar vajar oroväckande i vinden. En gammal lastbil står en bit bort, helt utbrunnen. Han kikar in genom det som en gång i tiden var lastkajen, men nu mest bara är bråte. Kanske finns något ätbart därinne – men just nu har han vare sig tid eller lust att leta igenom ytterligare en dödsfälla. Och vem vet när soldaterna får upp spåret? Bäst att försöka ta sig tillbaka "hem".

Han har fortfarande inte vant sig vid tanken på att det är hans hem. Men nu känns det mer så än någonsin. Han går, försiktigt, över parkeringsplatsen – försöker ge så få spår som möjligt. Kliver inte i snön, bara på den bara marken, försiktigt. Snart är han ute i den nedbrunna skogen igen. Han kliver igenom, traskar genom snår, sten och gropar. Det är farligt, men han är tvungen.

Det tar ungefär en timme innan han är åter vid bunkern. Armbandsuret vittnar om att det är över arton. Han hetsar in, drar för sitt kamouflage innan han låser igen dörren från insidan. Snabbt på med radion – rätt frekvens. Brus. Bara brus.

Han lyssnar tålmodigt. Kanske har sändningen redan varit över? Men varför spelas då inte det bandade meddelandet? Kanske har hon dött. Han väntar.

* * *

Anton vilar sig med en burk Coca Cola mot motorhuven till den gamla pick-upen. Nils vankar av och an, kommer till slut fram till Anton. De kan inte finna på vapnet.

– Så någon knep det?

Nils nickar.

– Någon som såg något annat än fotspår?

– Nej, de följde spåren så långt de kunde... över en parkeringsplats, in mot skogen... men nej... inget. Vad tror du, Anton? Svenska soldater?

– De skulle ha skjutit er. Snarare någon överlevare... Nån som nu tror han är säkrare än han egentligen är. Tråkigt, men den där sopan får väl klara sig med kniv. Det är hans problem.

Nils ser ner mot marken. Anton fortsätter:

– Det fanns en affär där, eller hur? Vid parkerings-platsen?

– Ja, det stämmer. Men det är helt raserat.

– Ge order om att åka dit. De får gå igenom bråten och samla ihop allt som går att ta vara på. Du och jag tar pickupen, ett par män och åker ner mot E4:an. Jag vill se hur de andra områdena har klarat sig.

– Okay... Och sen?

– Vi möts vid skogsvägarna tillbaka, genom Hofors, över Svärdsjö.

Nils nickar och går iväg mot de övriga. Han börjar skrika ut order. Anton dricker ur sin läsk, kastar iväg burken och kliver in i förarhytten. Han drar igång V8:an och inväntar Nils.

* * *

Erika sitter blick stilla på sin sovsäck. Hon stirrar ut genom grottöppningen en bit bort, radion avstängd, all elektronik urkopplad. Det är minst tre personer utanför. Kanske fyra. Svenska röster. För bara några minuter sedan vaknade hon av skottlossning – sju, åtta, kanske nio skott, från ett grovkalibrigt vapen. Troligen en pistol eller revolver.

Männen vankar av och an. De verkar inte ha noterat grottöppningen, verkar leta efter något.

– Där! Jag kan se blodspåren, skriker den större av männen.

Ficklampor bländar henne, skiner över stranden nedanför grottan, ut över havet.

– Ditåt! Den är där... jag ser den!

Fler skott. Ett. Två. Tre. Det är en pistol. En .32:a. Kanske en Walther PPK. Letar de efter en rysk soldat? Vad är de ute efter?

Männen rusar iväg. Hon hör dem stampa längs skogs-brynet, bort från stranden. Hon hör dem skrika, rösterna försvinner, kommer tillbaka.

Så står det en ny silhuett i öppningen. Den stirrar rätt mot henne. En stor bagge. Uppenbarligen skadad. Den känner något, kanske hennes närvaro. Den skut-tar iväg, ner mot stranden. Så faller den. Ett skott ekar ut över det karga landskapet, och snart är männen tillbaka, men nu längre bort.

En bilmotor hörs. Fordonet körs fram, männen lastar snabbt på djuret – och så far de iväg. Mat. Allt de var ute efter var mat, tänker Erika. Hon kikar på klockan – arton och femton. Hon måste skynda sig.

* * *

Olof vrider volymkontrollen runt, tillbaka och sen åter igen. Frekvensen. Han kontrollerar den igen. Det sprakar till. Så en röst:

– Överlevande. Om ni hör detta, försök sök kontakt på den här frekvensen, varje dag efter arton. Jag är överlevare. Tillsammans kan vi hjälpas åt.

Tillsammans är vi starka. Ensamma kommer vi att dö. Om du hör detta, om du lyssnar, skriv ner din berättelse om vad som skedde på katastrofdagen. Vi behöver sammanställa våra historier, så att vi kan få en helhetsbild.

Sen tyst. Brus. Knaster. Inget mer ljud.

Olof tvekar. Ska han svara henne? Det kan ju vara en fälla – någon som vill veta var förråd finns så de kan stjäla. Den senaste tiden har Olof blivit mer och mer paranoid. Alla är fiender. Kanske inte alla. Men många. De flesta. De vill ju ha mat, husrum, el – allt det där Olof har. Och han har ju så mycket, och en hel del mer. Rent vatten. Dusch!

Han blundar. Han tänker tillbaka till sin barndom, sina föräldrar. De påtalade alltid att han skulle vara en "sjysst grabb", som de sa. En som "delar med sig till andra" och som "inte är en egoist". Han skakar på huvudet. Det kan ju inte gälla nu? I den här situationen? Efter ett Atomkrig?

Olof lyfter mikrofonen, trycker sakta in knappen på foten. Det piper till i högtalarna, sprakar. Väser.

– Hallå?

Radion är tyst. Så sprakar den till, knäpper. Ett klick
– kanske från en mikrofonknapp. Så någon som an-
das. Ett nytt klick. Knaster. Olof försöker igen:

– Hallå? Är du där?

Mikrofonknappen på andra sidan klickar till igen.
Så rösten:

– Vem är detta?
– Jag... heter Olof. Vem är du?

Olof kan känna kvinnans tvekan. Han väntar.

– Erika, säger hon i ett knaster.

– Var finns du, fortsätter hon.
– I... jag är i Mellansverige. Och du?
– En bit bort från dig, då. Hur har du klarat dig?
– Med tur.
– Vi behöver hjälpa varandra. Jag kan hjälpa dig.
Men jag behöver din hjälp också.

Olof släpper mikrofonknappen. Han tvekar länge.
Han vill inte ge henne för mycket information – vem
vet var hon är och vad hon har för syften?

– Jag vet inte vilka andra som lyssnar, svarar Olof.
– Jag vet... det är en risk. Men du behöver inte berätta
var du är.

Olof blundar, tänker tillbaka på sina föräldrar. Sina
vänner. Caféet i Hofors där han brukade spela flipper.
Han saknar flipperspel. Undrar om bensinstationen
och arkadet fortfarande står kvar?

Det sprakar åter till i högtalarna. Erikas röst fyller
upp betongrummet.

– Är du kvar?
– Ja...
– Imorgon, samma tid.

Olof släpper mikrofonknappen, vrider ner ljudet och
lägger ifrån sig mikrofonen. Radion sprakar till,
knäpper till och piper.

* * *

Det är tidig morgon när Olof vankar genom skogen
mot Riksväg 80. På ryggen hänger ryggsäcken med
proviant tillsammans med AK-47:an. Han har gått i
drygt en timme, men har inte sett något levande. Här,
på den södra sidan av Gävle, finns skogen kvar. Den är
grå – snö blandat med sot hänger från barrträden.

Så ett muller. Och snart det karakteristiska ljudet av
en ankommande Viggen – det smäller till så bryter
den genom ljudvallen. Den måste ha startat nyligen –
han är på rätt väg.

Röster. Svagt, men någonstans i närheten. Silhuetter
en bit bort. Riksvägen. Olof ser asfalteringen, ett dus-
sin soldater som täcker en tankbil med granris – och
ett till flygplan, övertäckt med kamouflagenät, mer
grenar. Och ännu längre bort, tält med fler soldater.
Han står stilla, iakttar dem. Tar ett par steg bakåt,
men noterar snart att någon iakttar honom.

Bakom en större sten en bit bort hukar sig en per-
son. Knappast en svensk vakt eftersom han hukar sig,
tänker Olof. Snarare – en överlevande. Olof drar fram

vapnet, håller det ner mot backen. Tittar bort mot stenen.

Så dyker den svartklädde mannen upp, siktandes en liten Scorpion-maskingevär mot Olof. Instinktivt drar Olof upp sin Kalasjnikov och siktar mot mannen. Den svartklädde ler nervöst, säger någonting på ryska. Så drar mannen i slutstycksmekanismen – Olof förstår vad som ska ske och trycker av.

En salva sliter sönder mannens bröstkorg, hans vapen flyger in i en snötäckt buske, han snurrar runt och snubblar bakåt innan han faller till marken.

Kvickt springer Olof fram, sliter åt sig Scorpion-vapnet, mannens väska och rusar sedan snabbt in i den täta vegetationen. De svenska soldaterna lär ha hört detta. Olof springer och slutar inte springa förrän han är helt säker på att han inte är förföljd.

* * *

Erika betraktar stranden. Hon står alldeles nere vid havet, vågorna når hennes fötter. Det är kallt med en lätt bris, men tyst och dunkelt. Hon ser sig om.

Inga byggnader, inga överlevande. Men någonstans måste det finnas något, tänker hon.

På kartorna har hon sett att det finns ett litet samhälle strax ovanför stranden. Hon vet inte om det är kvar, om det gick under i kärnvapenattacken.

Erika tvekar – hon vill egentligen inte lämna grottan med alla hennes förnödenheter, men hon känner att hon är tvungen.

Försiktigt tar hon sig uppför slänten, i riktning mot där samhället bör ligga. Det tar inte så lång tid innan hus och byggnader syns. De flesta verkar ha klarat sig bra, medans en del uppenbarligen drabbats av brand. Här syns eller hörs inga människor. Kanske sitter de och trycker i sina hus, väntandes på hjälp som aldrig kommer.

En asfalterad väg går genom byn. Men istället för att gå in mot samhället, väljer Erika att gå in mot ön, följer en grusväg genom ett par skogsdungar, till ett mindre stenhus. Det är igenbommat, obebott. Ett bättre basläger, tänker hon.

En kortare rekognosering visar att huset verkar ha stått oanvänt de senaste åren. Ett gott tecken. Även om det innebär att det antagligen finns väldigt lite av intresse inne i kåken.

Efter en stunds funderande tar hon fram ett par dyrkar och låser snart upp en av bakdörrarna.

Huset är unket, mörkt och golvplankorna knarrar ilsket. De fåtal möbler som finns är rustika gamla träsaker med några decennier på nacken. En del är övertäckt av vita lakan – men det mesta är dammigt och smutsigt.

Huset är i ett plan med ett kök utan moderna fac-iliteter. Men ett av sovrummen passar utmärkt för hennes syften, med låsbar dörr, ett enda litet fönster som hon lätt kan bomma igen och en "nödutgång" genom ett angränsande litet badrum.

Resten av natten tillbringar hon med att flytta de saker hon gömt i grottan. Radion och batteriet bär hon sist. Och nästa uppdrag blir att finna en bil och stjäla ett nytt bilbatteri – så hon kan hålla igång radion.

Kanske är hon ensam på ön med de där tre männen hon såg tidigare? Finns det några andra överlevande här överhuvudtaget? Är alla ryssarna döda?

Hon låser in sig i det lilla sovrummet, lägger sig ner och somnar nästan omedelbart.

* * *

Det brakar till bland träden, och genom ett skogs-bryn, från en skogsväg, kommer den stora Ford-bilen Olof såg tidigare, farande. Olof försöker dra upp sitt maskingevär, men bilen är för snabb. Han är i en glänta, bilen har övertaget. Ur passagerarsidan hänger en skäggprydd gestalt med ett mindre vapen – som nu börjar smattra.

Olof kastar sig ur vägen och bilen sladdar till i leran. Männen i bilen skriker till. Föraren vrider frenetiskt på ratten. Bilen får nytt tag och vrålar iväg.

Olof springer in bland träden, bort från gläntan, mot ett stenparti. Vapen smattrar bakom honom, kulor slår in i träden så flisor sliter upp små sår i hans ansikte.

Så skriker någon en order på ryska och vapenslamret upphör. Det är åter lugnt. Olof trycker bakom ett par stenar. Han drar upp AK-47:an och siktar mot bilen som han fortfarande har inom synhåll. Ett par av männen vankar av och an, upprörda.

Bilen brummar till. Alla sätter sig åter i bilen, drar igen dörrarna. Den åker sakta längs skogsvägen, samtliga kikar ut. Olof trycker sig mot stenarna. Fordonet mullrar fram längs vägen, bara ett stenkast från honom. Han ser inget – han bara hör. Han kan se framför sig hur de lutar sig ur de nedvevade bilrutorna med vapnen redo. Han blundar, håller Scorpion-maskingeväret krampaktigt mot bröstet.

Så skriker bilen till en sista gång och sladdar iväg. Han böjer sig försiktigt fram och ser hur Forden drar upp ett moln av damm, sot och grå snö.
Han pustar ut.

* * *

Så fötter, som springer. Olof ser sig omkring, kan inte se något. Någon, någonstans, är på väg mot honom. Var är de? Det är flera. Han håller Scorpionen i ett krampaktigt grepp, stapplar bakåt men håller sig på benen.

Där, en bit bort. Svenska soldater. Han gömmer sig snabbt. Röster hörs, gestalterna gestikulerar mot spåren i vägen. Bilen, skotten – de hörde det mesta, antar Olof. Så ger sig soldaterna iväg längs vägen dit fordonet åkte.

Olof skyndar åt andra hållet. Han lägger mycket skog mellan sig och soldaterna och männen i bilen. Allihopa människor han verkligen inte vill träffa just nu.

Så stannar han. Han står på en asfalterad vändplan vid något som en gång i tiden antagligen var ett villaområde. Trettio meter bort står den svarta Forden. Männen har precis upptäckt honom. Två drar upp sina vapen – Olof låter Scorpion-maskingeväret tala och träffar uppenbarligen den ena. Den andra blir skrämd och slänger sig ner bakom bilen.

Två andra män får upp Kalasjnikovs och trycker av ett helt magasin var. Olof har hunnit undan, glider ner i en slänt, byter till sin stora AK-47:a. Han avvaktar. Han hör skrik, vrål, från mannen som blev träffad.

Ryska röster blandas med svenska. Tramp av fötter som kommer närmare.

Han ser dem. De har inte sett honom. Han siktar. Tänker inte så mycket på att det faktiskt är människor där framme. Så ger han ett lätt tryck, träffar den ena i huvudet, drar vapnet åt sidan och trycker av igen. Även den andra mannen dör innan han förstått vad som sker. Två enkla skott. Olof skakar av rädsla. Han försöker se bilen och de andra två, men det är för mycket buskar och ris i vägen.

Det välbekanta ljudet av motorn dundrar till och med ett aggressivt vrål susar bilen förbi. Olof ser bara en person – han hör den skadade ligga kvar på vändplanen.

Soldaterna är snart här, tänker han. Men de har något han behöver. Olof rusar fram mot de två döda på vägen. Han tar deras vapen, drar ur magasinen, tömmer deras fickor på skott. Blodet, benbitarna, värmen från deras kroppar. Han blir illamående, stapplar ut i skogen, fortfarande med mannens skrik i öronen. Han kräks.

* * *

Olof drar upp stålporten till sin bunker på skakande ben. Det blir farligare och farligare att vara ute. Men han måste ut för att finna mat, förnödenheter. Och snart kommer dieselaggregatet som finns i bunkerns innersta behöva mer soppa. Det blir inte lätt att finna på. Han behöver hjälp. Ordentlig hjälp, om han ska klara sig längre än ett par veckor.

Efter en burk ravioli med apelsinläsk, lite godis han hittade i en av männens fickor, så sätter han sig åter vid radion. Det är inte dags för samtal än. Men han väntar.

Det sprakar till – han vaknar upp. Han måste ha somnat. Yrvaken ser han att radion står på.

Slog han igång den innan han somnade? Han minns inte. Vad är klockan? Lite över fem. Går klockan rätt? Fem på morgonen eller kvällen?

Han trycker in mikrofonknappen, tar ett djupt andetag, talar:

– Hallå..? Någon där?

Det tar flera minuter innan han hör ens ett knäpp.
Men så knastrar det till lite extra, som en knapp på
andra sidan som trycks in.

– Hallå? Olof? Är du där?
– Ja! Jag är här!
– Bra... Hur... hur är det?
– Det är...
– Hur klarar du dig?
– Åh, jag har mat. Jag har ett bra...

Han avvaktar. Han vill inte berätta för mycket. Ingen
idé att gå in på detaljer, anser han. Inte än, iallafall.

– Ett bra rum, avslutar han.
– Jag förstår. Hennes röst avslöjar att hon förstått hans
tvekan. Så fortsätter hon:
– Jag kan förklara... jag har information om de ryska
styrkorna. Information du kan ge till de svenska, så
att de lättare kan slå tillbaka. Om det svenska förs-
varet kan...
– Det finns inte mycket till försvar kvar. Ett par flyg-
plan, markpersonal... men hur länge till kan de flyga?

Jag har inte hört mer än en överflygning de senaste dagarna.

– Det är till de där soldaterna du ska ge informationen jag har. De vet vad de ska göra.

– Okay... jag lyssnar.

Erika avvaktar. Andas, pustar ut. Radion sprakar, knastrar. Ingen annan blandar sig i konversationen. Kanske är det bara de två som lyssnar, pratar. Eller så har de spioner som hör precis allt de gör – men har det någon betydelse? Inte i nuläget, tänker Olof. Kanske efter att han fått informationen från henne. Kan han ens återvända till flygbasen på riksvägen? Vågar han det? Är de fortfarande svenska soldater – eller gör de allt för att klara sig själva nu?

Erika börjar tala igen. Hon berättar om ryska helikoptrar i Mellansverige, Mi-24, Hind – precis en sådan som Olof sett tidigare. Det finns "minst två", som hon säger, vid området kring Gävle, Borlänge, Falun. Sen ett mekaniskt förband, lite längre norrut. Och de övriga förbanden, pansar, som anfallit ännu längre norrut, mot Boden till. Dessa behöver han nog inte bry sig om just nu. Helikoptrarna behöver dock en bas – och den ligger troligen vid Söderhamn.

Men hon vet inte exakt. Men hon säger också något annat, som är ännu mer intressant för Olof.

Anton – en välbyggd man från KGB – kommer att sätta upp en gerillarörelse och anfall de svenska soldatgrupperna.

Olof känner igen beskrivningen.
Det är samme man han såg i pickupen tidigare. Han berättar det inte för Erika – men nu vet han att det inte finns någon utväg. De kommer att hitta honom och hans gömställe förr eller senare. Kanske är det bäst att ta Erikas information till den svenska flygbasen trots allt. Vad annars har han för alternativ?

– Hur kan du veta det här, avbryter Olof.
– Jag har arbetat med Anton i flera år.
– Men då... är du också..?
– Ja... och jag är fortfarande på rätt sida! Tro inte annat. Det är bara det att... jag tror inte att det här är vårat fel, men jag vill inte att det ska spåra ur, bli omöjligt att gå tillbaka. Sverige kan vara en allierad, inte en fiende, vi kan arbeta ihop vi...

Olof avbryter henne igen:

– Spåra ur? Det har ju redan spårat ur. Det finns ingenting kvar att slåss om.

Radion sprakar till. Det tystnar. Olof vrider ner volymen. Bruset tonar ut. Han väntar, men Erika säger inte någonting mer. Det finns ingenting mer att säga.

* * *

En burk med Köttsoppa från Bong blir frukost. Olof känner hur han behöver mer energi. Trots att han har schemalagt vad och hur han ska äta, bestämmer han sig för att äta en chokladkaka också. Idag vill han ta sig ända till det svenska baslägret. Det blir en rejäl promenad, och dessutom farlig.

Vapnen kontrolleras. I väskan från soldaten med Scorpion-geväret ligger lite mer ammunition och två till magasin. Men det är till AK-47:an som han har mest ammunition. Även om Scorpion-k-pisten är smidigare så bestämmer han sig för att enbart ta med Kalasjnikoven, packar lite mat i en ryggsäck. Han spänner på sig väskan och vapnet, packar ner lite extra kläder och ger sig omedelbart ut i den kalla oktobermorgonen.

Det är isigt, blåsigt och rejält kallt. Han har ett par lädervantar på sig som gör det möjligt att använda vapnet – men istället är de kalla och inte så bra för skogsäventyr.

Han går tillbaka, in genom stålporten och hämtar ett par virkade tjocka vantar han funnit i en gammal bil.

Ute bland träden vankar han E4:an bort mot Gävle, viker snart av ner på Riksväg 80 och börjar gå mot Sandviken och Hofors. Han vet att det tar ett tag innan han kommer fram till landningsplatserna och baslägren – men han är beredd att möta svenska soldater när som helst. Eller möta de andra. De svartklädda, galna – tydligen ledda av denna Anton.

Nu, med ett namn, känns han ännu mera hotfull. En gammal KGB-agent som fått för sig att ta över världen? Kan det bli värre, undrar Olof.

* * *

Det tar flera timmar innan han ens är i närheten av de svenska soldaterna på Riksväg 80. Olof har fått gå runt i cirklar, genom snåriga skogsstigar, för att hålla sig från E4:an och inte riskera att träffa Anton och hans kumpaner.

Så ser han till slut en svensk vaktpost en bit bort. Det karakteristiska mörkgröna 20-mannatältet, fyra soldater med AK-4 – och en bit bort två bandvagnar.

Soldaterna röker, snackar och är egentligen rätt usla vakter – Olof skulle kunna smyga förbi dem hur lätt som helst. Men han söker kontakt – frågan är bara hur han ska göra det utan att bli skjuten?

Han funderar en stund. Alldeles bredvid honom finns ett stort stenblock. Det finns en liten mörk håla under stenen. Han borstar bort snö, is och gammalt lingonris. Så skjuter han in AK-47:an under stenen. Utan den ser han mindre hotfull ut. Nu är han mest en ofarlig svensk tonåring på villovägar. Nu borde han inte bli skjuten. Hoppas han.

Olof tar ett djupt andetag. Sen knallar han fram. Redan hundra meter bort så försöker han få deras uppmärksamhet med ett kort rop.

– Hallå?

De fyra soldaterna reagerar instinktivt och drar snabbt upp sina maskingevär. Olof stannar, håller händerna i luften.

– Lugn, lugn! Jag är svensk!
– Vem är du?
– Olof! Jag heter Olof!
– Är du soldat?
– Nej... jag är bara... liksom, en vanlig svensk.
– Kom hit!

Olof fortsätter gå. Han har händerna en bit upp, men efter femtio meter förstår han att de knappt tar någon notis om honom, så han sänker armarna och knallar på. När han väl kommit fram studerar de fyra soldaterna honom noga. Två ställer sig bakom, och två framför, honom.

Den största – den som ropade – med namnskylten Jakobsson, fortsätter:

– Vad gör du här?
– Jag har faktiskt en del information som jag skulle vilja berätta för en av era... överordnade. Om det går bra?

– Du kan berätta för mig. Vad gäller det?

Olof tvekar. Men samtidigt känner han att det inte riktigt är läge för konflikt, så han tar till orda:

– Det finns en rysk spion som åker runt och dödar överlevare.
– Va, skrattar Jakobsson. De övriga tre soldaterna flinar.
– Nej, men det är sant. Jag har sett honom, de åker runt i två bilar. De är tjugo stycken, ungefär, och...
– Lägg av. Vi har inte tid med trams, grabben.

Olof blir missmodig. De tänker inte lyssna på honom, så mycket förstår han. Ska han fortsätta övertala dem? Nej – hitta någon annan. Kanske den där soldaten som hjälpte honom förut kan lyssna? Det var en bit bort. Vid Hofors. Det är långt att gå.

Plötsligt vrålar det till och ett Viggenplan flyger över dem på låg höjd – uppenbarligen på väg in för landning. De fyra soldaterna får snabbt annat att tänka på och rusar iväg som om Olof inte fanns. Två av dem slänger sig in i bandvagnen och far iväg. En ställer sig framför tältet och en rusar in i det. Olof hör en knastrig radio slås på. Det mullrar fortfarande från planet.

Olof vänder om och går tillbaka mot den stora stenen. Väl där drar han åter fram sin Kalasjnikov, hänger den på ryggen. Han förbereder sig på en lång, kall promenad.

* * *

– Diamanter, är en flickas, allra bästa vän...

Lustans Lakejer trallar på i Olofs Walkman. En mixkassett som Olof hittade, något sönderbränd, vid den nerbrunna spelhallen i Furuvik, visar sig innehålla en hel del pärlor. Just den här låten hade Olof aldrig hört tidigare – det verkar som om den inte spelades på radio.

Han går genom skogen, längs stigar, men mest egentligen rätt genom vegetationen. Han är lite rädd för att stöta på både svenska och ryska soldater – men allra helst Anton och hans gäng, förstås. Bandspelaren har han på låg volym.

Plötsligt ryter det till – han känner igen det där ljudet! Det är inte en svensk Viggen – det är den Sovjetiska Hind-helikoptern! Och den är alldeles nära.

Han ser sig om. Det är mulet, den ligger kanske ovanför molnen? Han kan höra rotorbladen. Olof stänger av sin Walkman, drar ner lurarna runt halsen. Så hör han det där vrålet igen – av helikopterns minigun. Han slänger sig instinktivt ner i det vintriga granriset. Han ser ingenting – han bara hör. Någonstans, väldigt nära, är det någon som just nu råkar väldigt illa ut.

Så ser han blixtsken, ljus, en bit bort. Där är den. Antagligen nära vägen. Det är åt det hållet riksvägen ligger – där de har sina plan och de provisoriska flygplatserna. Han ser en skugga bland trädtopparna, en svart best, rotorbladen går genom molndiset. Så vänder den, lyfter genom den gråa massan. Ljudet går närmare, precis ovanför honom, men tonar snart ut. Ljudet från attackhelikoptern byts mot skrik, vrål.

Olof drar upp lurarna igen. Han vill inte höra dödskampen. Han slår på sin Walkman. Factory. Äntligen en riktigt bra låt, tänker han, och rusar vidare genom snåren.

– Du! Det fixar sig alltid. Du! Det löser sig nog. Du!
Ta en dag i taget. Du! Jag brukar ha tur.

* * *

Olof snubblar till. Han har gått som i dvala den sista
timmen, och nu måste han dessutom ha somnat utan
att ha märkt det. Bandspelaren låter segt, batterierna
börjar verkligen ta slut nu. Det är kallt, lite rått i luft-
en, och nästan helt mörkt.

Han tar tag i en tall, vilar. Ljuset från en liten eld fån-
gar hans blick. Svenska röster hörs vid det flackande
ljuset. Är det här den där soldaten fanns? Han minns
inte. Han vet inte ens var han är. Har han gått åt rätt
håll de senaste timmarna? Han har inte sett riksvägen
på flera timmar.

Olof vandrar fram till elden. Han är så sömnig att
han glömmer av att han har ett stort maskingevär på
ryggen. Ryskt dessutom. En svensk vakt ser dock både
honom och geväret snabbt. Med ett enkelt ryck så
drar han AK-47:an från Olofs rygg. Han är avväpnad.
Framför honom står tre andra soldater – och bakom
elden ser han skuggorna av ett par till.

– Oj! Förlåt, jag...
– Vem är du?
– Olof. Jag...
– Gå in i tältet där, knuffar vakten som slet av honom
vapnet.

Olof trillar fram, förbi elden och ett par ganska häp-
na svenska grönklädda killar – marginellt äldre än
honom. Ett stort tält med nedvikt duk för entrén.
Han kliver in. Efter följer vakten.

Bakom ett metallskrivbord sitter en äldre man, up-
penbarligen lika trött – eller tröttare – som Olof.
En blond ung kille pekar på en karta på skrivbordet.
Mannen nickar. De gör ingen notis om vare sig Olof
eller vakten. Tills vaktposten säger:

– Ursäkta mig, löjtnant Berger.
– Ja?

Den äldre mannen tittar upp. Han ser lite förvånad
ut, blinkar, försöker fokusera på Olof. Han fortsätter
direkt:

– Vem är detta?

– Nån överlevare som snubblande in i lägerelden.
– Sitt. Sitt.

Mannen ger tecken åt den blonde som ställer fram en enkel stol. Löjtnanten nickar sedan åt vaktposten som direkt lämnar tältet.

– Så vem är ni, fortsätter Berger.
– Olof. Jag... jag är så trött. Men jag har något viktigt att berätta.
– Jaha, vadå?
– Det finns en rysk spion som satt ihop en farlig grupp. De åker runt och dödar överlevare. Stjäl, plundrar. Han...
– Hur vet du att han är rysk spion?

Olof tvekar.

Han vet vad som händer om han berättar om Erika. Kommer de att tro på henne, på Olof, eller kanske tro att han också är Sovjetisk agent? Och vad säger att hon inte är i maskopi med den här Anton, att allt är en medveten plan, för att föra den svenska armén mot Anton, för att...

Han ruskar av sig paranoian. Han måste ju berätta. Det finns ju inget annat att göra. För han kan ju inte oskadliggöra Anton själv.

– En annan spion. Erika. Vi har talat via radio.
– Från Sovjet?
– Va, nej, alltså... hon är här, i Sverige.
– Här? Vardå? Falun, Hofors, eller var då?
– Nej, alltså, jag vet inte riktigt var hon är, men...
– Så hon kan lika gärna vara i Sovjetunionen. Vad för information har du lämnat till denne kvinna då?

Löjtnant Bergers röst är inte lika vänlig längre. Olof känner sig i underläge. Han tittar ner.

– Så du talar med ryska spioner på radio medans våra styrkor dödas av deras trupper? Vet du att de fällt flera kärnvapenbomber över landet? Falun, Gävle... utplånade!

Berger reser sig upp. Han haltar betänkligt, tar sig för ryggen. Kliar sig i örat, vankar in i mitten av tältet. Han ställer sig bakom Olofs stol, sätter sina enorma händer på stolsryggen och vilar hela sin tyngd på den så det knakar.

– Nej, alltså, hon är orolig över att den här Anton gör
något som inte går att ta tillbaka! Hon vill inte att
kriget ska fortsätta!

Olof känner desperationen i sin röst. Berger suckar,
släpper taget om stolen och vankar fram till skrivbor-
det igen.

– Du förstår, säger Berger. Information vi får från
ryska spioner är inte direkt något vi kan ta på allvar.
Den här spionen som dödar folk, är säkert en otrevlig
prick – men hur vet vi vad den här kvinnan du talat
med talar sanning? Nej, suckar Berger, vi kan tyvärr
inte hjälpa dig – med vad du nu vill ha hjälp med.

Olof nickar. Han reser sig upp. Berger lägger sin stora
handflata på hans axel.

– Lägg dig på britsen där en stund. Du ser ut att
behöva det, unge man.

Olof nickar. En varm bädd. Det tar han tacksamt
emot.

Svärdsjö har klarat sig ganska bra. Den gamla Konsumbutiken har blivit plundrad, bageriet är nedbränt och polisstationen likaså. Men i övrigt står de flesta hus kvar. Olof har inte varit här på länge, men han minns att han och föräldrarna varit på bio på Hedenborg. Vilken film var det nu igen? Robin Hood, kanske?

Det är morgon, rejält mulet och riktigt kallt. Det har snöat under natten. Han står framför den stora betongbyggnaden som heter Hedenborg, mitt för glasdörrarna, och kikar in.

Filmaffischen för "MC-Riddarna" sitter fortfarande uppe i glasramen. Den skulle han velat ha sett. Den verkar bra. En orange, läcker affisch med en riddare i rustning – som sitter på en motorcykel. Häftigt! Undrar om filmen finns där inne? Kan han se den? Det finns väl ingen el. Men ändå – han är nyfiken.

Han går iväg en bit bort, tittar in genom ett källarfönster. Han kikar runt, tar ett stadigt tag om Kalasjnikovens kolv och slår den genom den lilla rutan.

Glaset slås undan, han får in armen, vrider låset och knuffar upp fönstret. Han klättrar in.

Den gamla logen har gamla teaterkläder, lite smink, men i övrigt är den tom.

Det är ganska mörkt, så han fortsätter ut i en korridor, genom ett kök och sen till något som ser ut som en fritidsgård. Ett pingisbord, serietidningar, ett par soffor och en TV med video. Till och med ett hockeyspel. Här skulle man kunna ha riktigt kul. Men med vem?

Han går sakta genom lokalen. Sätter sig ner i en av sofforna, vilar, kikar i ett par gamla Kalle Ankatidningar. Tar sig en välförtjänt frukost. Funderar. Kanske om han får tag på den där Anton och hittar något som kan bevisa för löjtnant Berger att de måste anfalla honom? Kanske kan den där Erika då utnyttja sina kontakter för att få saker och ting... mer normala? En fantasi.

Olof har svårt för att koncentrera sig på serierna. Han trycker ner ett par av dem i ryggsäcken, går mot trappen och börjar gå upp. Halvvägs upp stannar han.

Ett ljud – någon, något, är på övervåningen. Bor det någon här? Överlevare? Han hinner inte tänka mycket mer innan ett ilsket skrik bryter tystnaden.

Olof slås bakåt, rullar nerför trappen med en kropp över sig. Som en leverpastejsmörgås under en hårtork segnar han ihop på golvet, vid foten av trappen.

En ganska ung tjej slår honom med nävarna allt hon kan. Han försöker skydda sitt ansikte, har ont i ryggen. Slagen träffar överallt. Så får han upp ena foten mot någonting och trycker till. Flickan flyger iväg, upp i trappen, chockad. Hon är kanske lika gammal som Olof, runt femton, sexton år. Bakom henne hör Olof ett välbekant klick, när hanen på en revolver spänns. En kvinna, kanske runt trettio, riktar en liten Smith & Wesson 32:a mot honom medans hon går nerför trappen, förbi flickan.

– Håll händerna där jag kan se dem!
– Jag har inte gjort något, jag visste inte att någon fanns här, jag...
– Håll käften! Jag vet precis vem du är! Ni stryker runt här varje natt, tror att ni kan göra vad ni vill, men ni vet inte att vi kan vara lika jävla vidriga som ni!

– Nej, nej, jag vet inte vad du pratar om. Jag är inte härifrån...

– Håll käften sa jag!

Kvinnan går förbi Olof. Om han bara kunde resa sig upp. Han ligger väldigt illa till, med sitt vapen på ryggen. Flickan står kvar i trappen.

– Jag ville faktiskt bara se på bio, fortsätter Olof.

Kvinnan ser konfunderad ut. Som om Olof sagt någonting på ett annat språk.

– Ställ dig upp, kommenderar hon.

Olof reser sig. Hon nickar mot trappen. Flickan ställer sig vid sidan av, Olof går förbi. Så får han ett infall – han måste rädda sig. Vem vet vad de tänker göra? Skjuta honom direkt, antagligen.

Kvickt lyfter han upp AK-47:an i pipan, rycker det bakåt och upp så hårt han kan – rätt på den unga tjejens käke. Hon skriker till och flyger in i armarna på kvinnan. Olof springer.

Upp för trappen, det smäller – två gånger. Det andra skottet slår in strax ovanför huvudet. Han kommer fram till ytterdörrarna. Fyra stycken. Han fipplar med låset, det hakar – så klickar det till. Kvinnan kommer upp för trappen. Hon skjuter igen. Glaset splittras framför honom. Olof slår sig genom resten av rutan, baklänges, och drar samtidigt upp sitt maskingevär.

Kvinnan skjuter igen och träffar biljettbåset. Olof trycker av – medvetet en salva vid hennes fötter. Hon tappar balansen och trillar bakåt, ner i trappen.

Han vänder sig om, drar runt låsvredet på den andra dörren, sliter upp den och springer. Bakom honom hör han skrik, ilskna svordomar och ett till skott som flyger genom luften – en bra bit ovanför honom. Han fortsätter springa.

* * *

Nära vägen mot Sundborn står två svenska bandvagnar. Olof ser dem på långt håll, precis när han kommer runt krönet. Han hukar sig, vill inte bli sedd i onödan. Det mulna vädret är obehagligt – den där attackhelikoptern kan återkomma när som helst.

Fast den kanske främst håller sig på Riksväg 80? Just nu går han på väg 850. Lite säkrare, att gå från Hofors genom skogen mot Svärdsjö, än att fortsätta längs riksvägen.

Men någonting är underligt med de där två fordonen. De är helt stilla. Ingen rörelse omkring, inga röster. Olof går ner i skogsbrynet, vandrar längs vägen. Han drar fram AK-47:an, håller den nära. Nu tar han inga risker. Han har fortfarande ont i ryggen sedan mor och dotter anföll honom.

Han är nära, kanske bara tjugo meter från vagnarna. Han ser kroppar. Den ena bandvagnen, som står kanske femton meter från den andra, är helt utbränd. I den sitter – eller har suttit – åtminstone två personer. Han kan se de svartbrända silhuetterna. Den andra är tom, dörrarna öppna. Han ser dock två, kanske tre, kroppar bakom bandvagnen. Han går närmare.

Ett prasslande ljud, helt nära, får honom att huka sig, längre ner mot buskarna. Det prasslar igen. Så ett annat ljud, bakom honom, högt upp – helikoptern! Han lägger sig ner på marken, försöker dölja sig så mycket som möjligt. Är det soldater framför honom så kommer den ryska helikoptern att börja skjuta när som helst – och han är i skottlinjen! Han måste bort – men springer han så skjuter ju svenskarna. Om det nu är svenskar...

Helikoptern bryter genom molnbankarna – han ser dess enorma skugga vråla över trädtopparna. Han trycker sig upp mot en gran, försöker undvika att synas på något sätt. Om han ändå var osynlig!

Det prasslande ljudet rycker till ordentligt när Mi-24:an skriker förbi. Två rådjur skuttar livrädda ut på vägen, hoppar förbi de svenska soldatliken och hoppar i panik över vägen in mot skogen på andra sidan.

Olof pustar ut. Helikoptern försvinner bort, norrut. Hans hjärta dunkar ilsket. Men snart lugnar han sig. Han har varit med om värre, tänker han. Efter en liten stund reser han sig och börjar sakteliga gå de sista metrarna till de svenska militärfordonen.

Olof sätter sig i bandvagnen. Han stänger förardörren så att han inte ska behöva se liken på vägen bredvid honom. Så försöker han starta den. Ett svagt swishande ljud. Ingen respons. Han ger ganska snart upp. Olof kikar in i den andra vagnen. Här finns inte mycket, men en sak fångar hans blick: en radio – ungefär som den han har "hemma". Men den här är portabel. Fortfarande stor, klumpig, tung. Men den vevas upp. Och den fungerar. Han saknar att kunna ha kontakt med Erika. Han behöver det. Kanske i kväll.

Olof tar med sig radion, vandrar vidare mot Falun. Med Erikas hjälp kanske han kan få den där löjtnant-en att ändra åsikt. Men hans matförråd börjar ta slut, och den enda platsen han känner till som fortfarande kan ha mat är den där Domusbutiken i Falun. Så han fortsätter.

* * *

Efter bara en kort stund får han se någonting han aldrig tidigare upplevt – och som han hoppas slippa se igen. Attackhelikopterns ljud ekar närmare, ganska plötsligt.

Han står som förstenad mitt på väg 850 – så vrålar ett Viggen-plan genom molndiset så nära backen att han nästan slås till marken.

Hinden surrar över honom och skjuter. Minigunsalvan eldar genom luften – Olof slänger sig in i skogen, men fortfarande med blicken fäst på det monstruösa som utspelar sig ovanför hans huvud.

Attackhelikopterns vrålande vapen sätter eld på ett par träd. Olof täcker för sina öron – ljudet är ren terror. Viggen-planet har vänt, flyger rakt mot helikoptern – som skjuter en missil.

Planet är ganska långt borta när det träffas. Eldhavets värme känns ändå ända fram till Olof som nu trycker under ett par nerslitna granar, en bit från Sundborns-vägen. Helikopterns rotorblad trycker Hinden upp i molnen. Den försvinner – men hörs fortfarande som ett dussin bilar som varvar.

Det som är kvar av det svenska Viggen-planet brinner genom luften och kraschar med en resolut explosion, en bit från vägen – kanske en kilometer bort, kanske mindre. Han ser eldstungor slå upp, högre än träden.

Hur många plan har de kvar? Hur många helikop-trar har Sovjetunionen, här, i Mellansverige? Har de en fullskalig invasion på gång? Kommer de att hitta honom också? Olofs huvud ekar av frågor där han sitter, tryckt mot träden. Hans blick är låst på den stora elden längre bort. Han hör inte helikoptern längre. Han hör inte elden heller. Det är tyst. Oroväckande tyst.

Han reser sig, tar upp sina saker och börjar skyndsamt gå längs vägkanten mot Falun. Den här galenskapen måste stoppas!

* * *

Det är kväll när Olof kommer in mot det sönderbrända Falun. Ruinerna från eldstormen, skapad av en atombomb som föll över Borlänge och SSAB, är svartbrända och nu farliga fällor.

Han ser ner på sitt armbandsur. Över arton. Hur kunde han glömma? Olof kikar runt, ser ett gammalt garage en bit bort som fortfarande står upp. Väl där packar han upp sin nyfunna radio och börjar veva.

Den knastrar till, sprakar och knakar. Veven gnisslar — hela maskineriet har fått sig en törn, men den verkar fungera. Han hör ljud.

Sakteliga ställer han in frekvensen, försiktigt. Det
är svårt att få till det, även den ratten har blivit
tillknölad rejält, så den hoppar lite som den vill. Till
slut hör han en bekant röst.

– Överlevande. Om ni hör detta, försök sök kontakt
på den här frekvensen, varje dag efter arton. Jag är
överlevare. Tillsammans kan vi hjälpas åt. Tillsam-
mans är vi starka. Ensamma kommer vi att dö. Om
du hör detta, om du lyssnar...

Olof avbryter:

– Erika..?

Hon tystnar. Så fortsätter hon:

– Olof! Du lever alltså! Jag har inte hört något av dig...
– Jag är... närmare... den vi söker.
– Försiktig. Du måste vara försiktig.
– Det är jag. Jag såg... eller talade med, ett par
svenskar. Men de var aviga. Vill inte hjälpa mig nu.

Han tvekar innan han släpper mikrofonknappen.
Så släpper han den. Och Erikas röst hörs igen.

– Ta det lugnt. Du måste nog ha någonting mer...
någonting som verkligen kan hjälpa dem.

– Jag såg en helikopter, en rysk, skjuta ner ett Viggen-
plan! Vad kan jag göra åt det? Det finns ingenting jag
kan...

– Vänta – såg du helikoptern skjuta ner planet?

– Ja...

– Det är inte en enkel uppgift för en Mi-24:a. De
brukar inte ha vapen för sådana uppdrag.

– Men de gjorde det iallafall. Mitt framför ögonen på
mig. Jag höll på att stryka med, jag med!

Olof tar ett djupt andetag. Inte snacka för mycket,
inte avslöja något som kan röja din position, inte säga
något som kan ställa till problem längre fram. Vem
lyssnar? Vem är egentligen Erika?

– Ta det lugnt, Erikas röst är sansad.

– Jag försöker...

– Jag tror att de har de svenska krypteringsnycklarna.

– Vadå?

– Radion... den är krypterad. För att kunna lyssna på
flygledningen så måste de ha krypteringsnycklarna.

– Men då kan de ju skjuta ner alla de svenska planen!

– Lugn... svenskarna vet uppenbarligen inte om det.

De behöver byta nycklar. Men du måste ta reda på vilka nycklar som hamnat på villovägar. Du måste få tag på dem – och den enda som kan ha dessa är Anton.

Olof släpper mikrofonen. Han ryggar tillbaka. Det hon föreslår är såklart omöjligt. Han har ingen chans mot den där galna ryssen. Det finns ingenting Olof kan göra för att – hans tankebana avbryts:

– Olof? Du kan göra det. Anton väntar sig det inte. Jag tror att han befinner sig i Falun. Han har planerat för ett skydd vid Stora Stöten i Falun. Vet du var det ligger?

Olof tvekar länge. Men så klickar han i mikrofonknappen och talar, med lugn röst:

– Ja. Det vet jag.

* * *

Erika vet inte om att Olof redan befinner sig i Falun, inte långt från Stora Stöten – den enorma krater som bildades för ungefär tre hundra år sedan när gruvan rasade ihop. Men Olof tänker mindre på Anton – och mer på mat. Han måste ta sig in i själva centrum, in i Domusbyggnaden och se om han kan få tag på mer konserver.

Det är kall mörk kväll när han kommer ner till gågatorna. Idag syns det knappt att det varit gågator. Sten och all möjlig bråte täcker vägen i ett huller om buller. Han tvingas balansera mellan väggdelar, utbrända bilar, cyklar – och ett och annat förkolnat, ruttnat, lik. Olof har börjat vänja sig vid vidrigheterna, men han ryggar fortfarande tillbaka när kroppsdelar blottas framför honom. Han väljer alltid en annan väg då.

När han kommer fram till den korta backen – inte långt från Grand Hotel – ser han dock något som rör sig vid Domushuset. Fyra-fem män – mycket lika de han såg tidigare vid Furuvik – lastar ett par pulkor med konservburkar, läskflaskor och kaffepaket. En av dem hjälper inte till. Istället står han och blickar ut över det som en gång i tiden varit gågatan förbi affären – men också upp mot där Olof nu gömmer sig.

Har han sett Olof? Såg han honom innan Olof såg dem? Kan han röra sig bakåt, utan att de reagerar? Olof sitter som fastfrusen bakom en hög med sten.

Han vet varken ut eller in. En av dem kan han kanske hantera – men inte alla fem. Och vem vet var de andra är? Kanske bakom honom?

Olof jagar upp sig, blir ännu räddare. Han hukar sig ner ännu mer, snart krälande. Drar sig bakåt, mot hörnet som leder upp mot Åsgatan. Här låg en gammal affär en gång i tiden. Klockaffär? Svårt att säga. Det mesta av det stora huset som stod här är så nedrasat och bränt att det är svårt att avgöra vad som varit vad.

Männen reagerar inte. De fortsätter bära mat och varor till sina pulkor. Vaktposten tänder en cigarett. De andra stannar runt omkring honom, smakar, fortsätter bära. Olof är nästan helt vid hörnet nu – smyger runt, ut på den andra gamla gatan. Även den är i stort sett helt täckt med bråte och stenblock, antagligen gamla väggar och tak.

Han backar en bit till, ut på Åsgatan. Äntligen – ingen annan i närheten.

Så ser han en skugga! Nånting bredvid honom, i en butikslokal som inte är helt demolerad. Han hukar sig kvickt ner. Det är så pass mörkt att skuggan kanske inte ser honom – skuggan håller i en ficklampa. Den rör sig, söker efter något. Kliver ut ur butiken, ut på Åsgatan, kikar runt. Släcker ficklampan. Skillnaden för skuggan i ljus nu, efter ficklampan, måste vara påtaglig. Mannen ser inte Olof, utan går rätt fram, ner för backen mot de övriga vid Domushuset.

Olof pustar ut. Framför honom är en bit av en dörr – den måste ha täckt honom tillräckligt för att mannen inte skulle se honom. Men Olof ser honom. Ganska tydligt. Det är Anton.

* * *

Olof har följt pulkdragarna och Anton en bit upp mot gruvområdet, ända fram till Stora Stöten. Det stora gamla gula museihuset är borta, fullständigt raserat, men gruvhålet ser ut ungefär som han mindes det från skoltiden.

Han kommer ihåg att de besökta gruvan med klassen. Säkert flera gånger. Han minns de gula regnrockarna, de orangea hjälmarna, stövlarna. Det konstiga rödaktiga vattnet. Hissen som skramlade på vägen ner. Glödlamporna som glimmade svagt i de brungula gångarna. Kända personers namnteckningar, ifyllda med guldfärg.

Han förstod inte riktigt hur det måste ha varit förr – men han tyckte det var illa nog att bara vara nere där någon timme. Att arbeta där verkade absurt. "Helvetet på jorden.", som Linné tydligen ska ha sagt. Han minns inte så mycket mer om Linné än just det uttalandet – och förstås att han hade en bröllopsstuga inte långt från där Viggenplanet blev nedskjutet.

Linné – undrar om någon i den kvarvarande världen bryr sig om honom idag, tänker Olof. Han ruskar av sig sina gamla skolminnen, kikar ut över Stora Stöten – dold bakom ett par klippblock. Det är ett enormt hål, som en krater formad av en meteor. Eller en bomb.

Långt där nere ser han bilarna, och även ett par av Antons män. De med pulkor – och Anton själv – går längs en liten serpentinväg på den högra sidan, ner mot ett av de större gruvgångarna som vetter in i berget från kraterns botten. Där. Precis där inne ligger det som Olof söker. Hur i hela världen ska han kunna ta sig ner dit, stjäla krypteringsnycklarna (som han inte ens vet hur de ser ut) och sedan fly, tillbaka till riksvägen och löjtnant Berger?

Men så ser han någonting. Inte så långt från honom går en gammal trapp, av trä, ner mot en annan öppning. Och ut från den öppningen kliver precis en tjej – eller kvinna – drickandes ur en aluminiumburk. På hennes rygg hänger ett vapen, kanske ett hagelgevär. Hon ser trött och sliten ut, som om hon vaktat det där hålet i flera veckor utan sömn.

Det börjar mörkna rejält nu. Olof kan bara uttyda människorna nere i hålet när bilarnas lyktor eller deras cigarettglöd lyser upp. Kvinnan ser han inte. Det är kallt, blåser lite. Damm, snö, sotflagor virvlar runt. Han smyger bort mot trappen. Kliver ut, rakt på en knarrande bräda – stannar.

Hörde hon honom? Han försöker se om hon ens är kvar ute på avsatsen, men han ser knappt någonting. Han tar ett par steg till. Håller sig i den gamla träställningen, i stort sett kryper ner för kraterväggen.

Så ser han ett ljus. Grottöppningen lyses upp av någonting – troligen en mindre lampa, en ficklampa eller någonting sådant. Ett guideljus, tänker han. Tar ett par steg till. Så stannar han igen, och kommer på att även de övriga, där nere, kanske kan se honom nu?

Han kikar på sig själv, om han har något som kan glänsa. Drar upp jackan så långt det går, upp över munnen. Smyger närmare mot avsatsen, hålet och gången.

Hans fötter når sten. Precis bredvid gruvöppningen i bergväggen. Han kikar kvickt in. Det finns inga ljud. På en liten brits, utan madrass, bara ett par meter in, ligger kvinnan och sover. Hennes ansikte vetter rakt mot Olof. Men hon sover djupt. Bredvid sängen står en grön ammunitionslåda från svenska militären, och ovanpå den står en ficklampa, pekandes rakt upp i stentaket.

Det ser ut som ett litet stenrum. Men längre in i mörkret kan Olof skönja en så svart del av väggen att det måste vara ett hål. Inte en vägg. En gång. Går den ner till den andra gruvgången?

Olof tar ett par steg in i öppningen. Han kikar runt om. Kvinnans gevär står lutat mot fotänden av britsen.

Han tar upp det, tar det med sig. Ett par steg till, fram till öppningen längre fram. Mycket riktigt – en gång som vetter neråt. Helt kolmörk.

Olof tvekar. Med ljus kan de längre ner märka att han kommer. Utan ljus kanske han slår ihjäl sig. Kommer han att vänja sig vid mörkret? Han blundar, väntar, avvaktar. Han tar ett par steg. Känner framför sig med geväret. Tittar upp. Lite bättre – han kan skönja väggar, golv, tak.

Han fortsätter, neråt. Efter ett par tiotal meter lägger han ifrån sig geväret. Han fortsätter vidare, har sin AK-47 redo.

Gången svänger svagt vänster, och snart börjar den också luta mer och mer neråt, tills en trappa tar vid. Trappstegen är vingliga, uthuggna stenar. De olika storlekarna på stegen gör dem svåra att gå på i mörkret.

Olof vindlar sig längre och längre ner – försiktigt, sakta, smygande. Så länge han inte möter någon, eller kvinnan ovanför honom vaknar, är allt lugnt. Men han vet fortfarande inte vad han egentligen letar efter.

Ett ljus fladdrar till framför honom. Gången bryts i en öppning till höger. Stearinljus innanför, tänker han. Eller en lite eld. Inga röster. Helt tyst. Han hukar sig mot golvet, maskingeväret dunkar i golvet med ett litet klickande ljud. Han stelnar till.

Hördes det? Han avvaktar, men kikar så ut – försiktigt in mot ett större rum. Längre bort syns två gångar, en ut – uppenbarligen själva gruvgången han såg redan ovanför kratern – och en mörkare, som går längre in i berget.

Framför honom står ett par tomma britsar, ett par lådor och en bit in i rummet, ett skrivbord. Han ser ingen, hör ingen. På skrivbordet ligger ett par pärmar – en med tydliga svenska militära figurer. Kan det vara så enkelt? Ligger koderna där – mitt framför nosen på honom? Olofs hjärta slår hårdare – så hårt att han undrar om någon i närheten kommer att höra honom. Ändock tassar han bort till skrivbordet, rycker kvickt åt sig den militära foldern och smyger tillbaka till håligheten i berget som han kom ifrån.

Han andas ut. Bläddrar. Rader med nummer, frekvenstabeller. Han förstår ingenting. Är det detta han söker? Han har ingen lust att leta efter någonting annat. Vad annars kan det vara? Han tar ett par steg bakåt, upp för stentrappen. Snabbare den här gången. Vill ut.

* * *

Olof tar upp hagelgeväret på vägen mot gången. Snart där. Kan inte höra den sovande kvinnan, men ingenting annat hörs heller. Snart framme. Skymtar ljuset.

– Stanna, kommenderar en arg röst framför honom.

Olof är fortfarande i gången, men ser tydligt två silhuetter i kvinnans sovgrotta. Mannen – Anton – håller en Scorpion i händerna, riktad mot Olof – kvinnan står bakom honom, arg, antagligen över att inte ha sitt vapen.

– Släng ut geväret, fortsätter Anton.

Olof funderar. Ser de honom inte? Varför bara geväret? Det är AK-47:an han håller i, riktandes mot dem. Olof tar tag i hagelgeväret och hasar iväg det längs gruvgången, ut i rummet. Kvinnan rusar fram för att ta upp det. Hon passerar framför Anton. Olof tar chansen.

Han drar upp AK-47:an, struntar i att sikta och trycker av. Han har inte mycket tid. Tre skott träffar den förvånade kvinnan som är död innan hon slår i backen. Anton kastar sig bakåt, snett utåt. Han skjuter – flera skott träffar taket och stenflisor yr över Olof.

Springer han ner hamnar han ofelbart i en fälla – men hur många lurar utanför? Olof har inte några andra chanser. Han springer. Skjuter mot det håll där han tror Anton finns, slås av hur ljust det trots allt är i bergrummet, ut på avsatsen.

Ingen annan syns till. Snabbt uppför trätrappen. Den är rasslig, ranglig. Väntar någon på honom där uppe? Var tog Anton vägen?

Så slår ett par skott in bredvid honom. Han drar ut högerarmen, låter AK-47:an skjuta ett par skott neråt på måfå. Han fortsätter uppåt, sneglar neråt – ser Anton klättra upp på avsatsen med sitt lilla maskingevär i händerna, svärande. Tydligen har han trillat ner på en annan avsats nedanför.

Olof är halvvägs uppe. Ser ner igen. Anton är åter väck – antagligen gått in i bergrummet.

Han hör röster. Motorer! Så hörs skrik och vrål, kommenderingar, order. Anton och hans hejdukar kommer ut ur den nedre gruvgången, rusar ut mot de uppstartande bilarna.

Olof är nästan uppe. Ett par dussin trappsteg kvar. Han pustar, frustar. När han väl är uppe – vart ska han då? Springa till Hofors? Omöjligt, när han är jagad av bilarna. Men deras fordon kan bara jaga honom på vägar. Han måste in i bråten, den raserade staden, skogen, så snabbt som möjligt.

Så är han äntligen uppe. Han rusar genom det ökenliknande sandiga landskapet som används av Falu Rödfärg, springer över riksvägen, ser bilarna på väg mot honom från norr. Där, skogen. In i den, bort, långt bort. Han tar ett par staplande steg in i svartbränd skog, trampar nästan ner i en håla, ser utbrunna bilar, lik och gamla bostadshus en bit bort. Det mesta här är utbrunnet, men med så mycket bråte att det omöjliggör för bilarna att åka där.

Han hör motorerna varva uppe på riksvägen. Han hör höga röster. Snart tonar de ut. Om han fortsätter ner mot sjön Runn så kanske han kan klara sig. Kanske.

* * *

Det är farligt att gå genom de nedbrunna bostadsområdena. Olof är i höjd med Kvarnberget nu, snart nere vid vad som en gång i tiden var Slussen. Men här finns inte mycket kvar. Svart sten, svarta träd, svarta ruiner, svarta utbrända bilar – svarta lik.

Mest obehagligt är det att sikten är ganska fri. Det har blivit ljusare, fortfarande mulet och kallt. Han kan höra mullret av Antons fordon. Men var? Är det ekon från riksvägen, kommer de närmare – eller är det bara inbillning? Inbillar han sig? Börjar han tappa greppet? Han har varit med om mycket nu, de senaste dagarna. Att han var en sådan överlevare, trodde han inte. Kanske är alla det, bara de tvingas in i det, tänker Olof. Han ruskar av sig de obehagliga tankarna om inbillning och allt han varit med om. Istället blickar han nu ut över Runn. Sjön ser helt normal ut, tänker han, om man bortser från att allt runtomkring är uppenbart katastrofdrabbat.

Ett par båtar guppar omkring där ute. Han ser en brygga en bit bort med ett par utbrända segelbåtar – men också ett par ekor som verkar ha klarat sig ganska bra. Det ser ut att vara nära, men tar honom nästan en halvtimme att ta sig dit på grund av ett par hyreshus vars cementväggar nu utgör ett mindre mörkgrått bergsmassiv.

Snart framme. Där. En gammal småbåtshamn. Mest vrak – de flesta halvt nedsjunkna i det iskalla vattnet. Men en bit bort, även en gammal plasteka som inte brunnit upp helt. Den saknar åror. En åra hittar han snart i en annan eka ganska nära själva småbåts-hamnen – men att få tag i en till visar sig snudd på omöjligt.

Han söker sig bort längs stranden, ser till slut ett en-samt sommarhus – nu nedbrunnet till grunden – som antagligen var vackert för bara någon vecka sedan. Där ligger en uppochnedvänd båt. Under den finner han äntligen en andra åra. Kanske kan han ro hela vägen till Hofors? Eller hur ser det ut egentligen, med vattendragen dit? Han vet inte. Han önskar han hade en ordentlig karta. Varför tog han inte med sig kartorna han hade "hemma"? Dumt.

Olof vet på ett ungefär vart han ska, men inte riktigt hur vattendragen sitter ihop. Han sätter sig i båten, knuffar ut sig med årorna och börjar ro.

* * *

Sjön såg onekligen lugnare ut från land. Efter bara en liten stund så börjar Olof få problem med att hålla båten dit han vill ha den. Vågorna piskar upp skum, ekan tar in vatten. Han börjar tvivla på sitt val av fordon. Och om Anton och hans gäng upptäcker honom härute är det slut.

Men han fortsätter. Utpumpad, uttröttat, uthungrad, fortsätter han ro båten över sjön. Snart är han vid Roxnäsudden. Han måste runt den, snart Korsnäs.

Där finns en bensinmack – det vet han, för hans far brukade tanka där ibland. Olof har köpt Fantomen där flera gånger. De hade inga arkad- eller flipperspel, men han minns det ändå som en ganska härlig liten kiosk. Han saknar verkligen den typen av bekväm-ligheter. Om han kan nå bensinmacken kanske han kan finna en karta.

Macken syns inte till. Kanske är det inte här? Den kanske inte syns från sjön. Men Olof ror in ändå. Han är rejält trött, sliten i armarna. Axlarna värker. Han är blöt upp till knäna. Fryser mer nu. Tar sina saker, hoppar i land. Ekan flyter iväg, ut i sjön.

En stor sten blir en fälla. Han snubblar, skrapar upp händerna mot ett par armeringsjärn. Ett utbrunnet lastbilsvrak precis bredvid honom vittnar dock om att han upptäckt bensinmacken. Den är borta, i stort sett helt utplånad.

Sorgsen kliver han upp på ett par större cementblock för att få lite överblick. Han hör inga motorer. Har de gett upp jakten? Han vågar inte tro det.

Men nu vet han iallafall vart han ska ta vägen. Riksväg 80 ligger inte många steg bort. Men vågar han verkligen gå längs riksvägen nu när Anton jagar honom?

Olof känner att han inte har något val. Han drar upp sin väska på ryggen, AK-47:an i händer och tar ett par steg. Så stannar han, öppnar väskan och tar ut sin sista burk med ravioli. Ska han gå långt behöver han åtminstone lite mat.

* * *

Riksväg 80 är kallare än vanligt. Olofs blöta skor och trötthet, hungriga mage, gör inte saken bättre. Det är iskallt nu. Det har börjat blåsa upp. Jackan dras upp över munnen. Händerna framför. Yllevantarna stela som plast. Sot, grå snö – allt blåser omkring.

Röster! Olof stannar till. Anton har genskjutit honom, men blåsten virvlar upp för mycket damm. Ingen syns. Olof famlar efter AK-47:an, men avbryts:

– Låt bli den där!

Inte Antons röst. Tre svenska militärer kliver ut ur dimmorna, dragna AK-4:or i händerna. De stannar ett par meter ifrån honom.

– Lägg ner vapnet. Sakta, på marken.
– Jag måste träffa löjtnant...
– Tyst! Lägg ner vapnet!

Olof ryggar tillbaka. Han gör som de säger. De tre männen går fram mot honom, cirkulerar honom.

– Vem måste du träffa, sa du, fortsätter den arga unga soldaten.

– Berger. Löjtnant Berger.

– Hur känner du honom?

– Jag har någonting åt honom. Någonting mycket viktigt.

– Vadå?

– Det kan jag bara säga till Berger, fortsätter Olof.

Bäst att vara bestämd. Att ge bort kodboken nu skulle bara innebära att andra tar på sig upphittandet av den. Och Olof skulle då saknas militärens skydd – men fortfarande vara jagad av Anton. Bäst att gå hela resan ut. Olof väntar inte på någon reaktion:

– Kan ni ta mig till löjtnant Berger?

* * *

Den skramlande bandvagnen letar sig snabbt genom riksvägens fällor, såsom nedfallna träd, utbrända bilvrak och ett och annat förskrämt rådjur. Det tar någon timme, Olof slumrar till då och då, men snart ser han det välbekanta militärtältet. Ett par svenska stridsvagnar har letat sig hit, och en bit bort ser han

en Viggen vända och glida så sakteliga in mot tank-
stationen som är väl dold i granriset vid vägen.

Olof förhindras kliva ur. De tre soldaterna vill
förvissa sig om att han verkligen är "inbjuden" - och
snart återkommer de med ett positivt svar. Han leds
fram till tältet och visas in. Bakom skrivbordet sitter
löjtnant Berger – som om han inte rört sig sen senast.

– Ni igen, yttrar Berger utan att ens ta notis om att
Olof klivit innanför tältduken.
– Jag har någonting åt er som är mycket viktigt.

Berger tittar upp på Olof. Viker huvudet något på sne.
Nickar. Olof börjar gräva i sin väska. Nervöst lägger
han upp militärfoldern på skrivbordet.

– Det är koder... nyckel till radion, eller hur, för flyget?
– Det stämmer, säger Berger bläddrande bland
papperen. Hur kom ni över den här?
– Hos Anton. Ryssen jag berättade om. Ett av era plan
blev nedskjutet, det måste vara på grund av...

Berger reser sig upp. Olof tystnar.

– Yngström! Skicka hit fänrik Andersson, omedelbart!

Berger sätter sig ner, studerar mappen. Han bjuder
med handen Olof att slå sig ner på britsen, där han
tidigare vilade. Men Olof sitter kvar. Han är nyfiken.

Tältduken dras åt sidan. Både Yngström – en ung
rödlätt man – samt fänrik Andersson, kliver in.

– Fixa lite käk åt grabben, kommenderar Berger, var-
vid Yngström återigen försvinner.

Andersson sätter sig ner. Berger visar foldern,
papperen. Siffrorna.

– Krypteringsnycklar?
– Den här grabben klev precis in här med dem. Har vi
tappat en sån här, eller?
– Nej... finns bara ett fåtal. Jag vet att en blev stulen...
innan... det här. En mekaniker. Vi tog honom, satt i
kurran, så han är död nu.

Berger nickar. Andersson vänder sig mot Olof:

– Vart fick ni tag i den här?

– Hos en rysk spion vid namn Anton. Jag försökte förklara tidigare att –

Berger avbryter honom igen:

– Jo, jo... om nu den här Anton har haft denna så är det förståeligt varför deras attackhelikopter lyckades plocka ner Karlsson. Har inte du ett på banan just nu?
– Sundström är på väg upp.
– Ge fan i det då. Ändra de här, genast, så vi kan slå tillbaka!

Olof bryter in:

– Deras helikopterbas är uppe i Söderhamn!

Både Andersson och Berger tittar på Olof som om han vore ett orakel. De ler, nickar, Andersson dunkar honom på axeln.

– Du var fanimej en överraskning, fortsätter Andersson. Vi har trott att de varit närmare... Jag ordnar detta, Berger. Se till att grabben får det han behöver!

Andersson reser sig upp och går ut ur tältet, precis när

Yngström kliver in med en bricka. Han ställer ner den framför Olof och återgår till sin post utanför tältet. Olof börjar genast äta – smörgås, kallt härligt vatten, en skål uppvärmd soppa. Varm soppa. Det var länge sedan han åt någonting varmt.

– Jag behöver hjälp. Den här Anton är helt galen. Säkert nästan ett dussin... soldater... eller vad man nu ska kalla dem, med sig. Kalasjnikovs, en del AK-4:or, vanliga gevär och pistoler. De är väl rustade, har flera fordon.
– Oroa dig inte. Har du någonstans att ta vägen?
– Jo... jag... bor – Olof tvekar. Sen fortsätter han resolut: jag har mitt hem en bit utanför Gävle.
– Okay. Ta dig tillbaka dit då. Vi tar hand om det här.
– Nej, men du förstår inte. Anton... han kommer att leta upp mig, han vet vem jag är, han vet...
– Lugn, lugn! Ät du, vila dig. Sen går du hem.

Löjtnant Berger reser sig och går ut ur tältet. Olof blir ensam kvar. Han suckar, men han är van. Olof äter upp sin mat, dricker ur vattnet. Lägger sig sedan på britsen, och somnar.

***

Viggens vrål väcker Olof från dvalan. Han flyger upp med ett ryck. Snart förstår han vad som sker. Krypteringsnycklarna är utbytta. Jaktplanen är på väg för att göra upp med de ryska helikoptrarna.

Kanske framtiden är Hindlös för Olof, tänker han. Men han har fortfarande ett stort Sovjetiskt problem att lösa: Anton.

Om inte någon annan tänker göra det, får jag göra det själv, tänker Olof. Han kontrollerar sin Kalasjnikov. Han har ett femtiotal skott kvar, fördelat på två magasin. Ingen mat. Egentligen inte mycket mer än ett par Kalle Ankor, första förband, två tomma plastflaskor.

Utanför tältet står Yngström. Olof knackar honom försiktigt på axeln.

– Ursäkta... tror du att det kan finnas lite mat jag kan ta? Jag har en bra bit att gå.
– Va? Mat?

Yngström ser besvärad ut. Han är inte många år äldre än Olof, men samtidigt verkar han förstå att Olof har någon sorts status hos löjtnant Berger. Han suckar. Så fortsätter han:

– Okay. Häng med mig.

Olof följer med Yngström till ytterligare ett tält, en längre bit in i skogen. Helt täckt med granris. Yngström nickar åt soldaterna utanför och visar Olof in i ett förrådsutrymme.

– Ta ett par konserver där borta då. Så kan du fylla på vatten där. Du hade ett par flaskor, va?
– Jodå. Tack så mycket!

Yngström stannar kvar och tittar på när Olof lägger i fem stycken konserver. Två med lapskojs, en med ärtsoppa, en med risotto och slutligen en med korv, vita bönor och tomatsås. Det är oansenliga mässingsfärgade burkar som ser likadana ut – men Olof bryr sig inte om förpackningar längre.

Det friska vattnet skvalar ner i hans två plastflaskor. Han dricker lite, fyller på igen. Så lägger han ner dem i väskan, hänger den på ryggen. Hans strumpor och skor har torkat. AK-47:an hänger på ryggen. Det mesta känns rätt bra.

Yngström visar honom ut. Precis innan han går tar Yngström tag i hans axel. Olof vänder sig om. Den rödlätta ynglingen ger honom hans handskar. Olof ler, nickar som tack, vänder på klacken och stövlar ut i skogen. De hårda yllevantarna byts kvickt ut.

* * *

Det är mitt på dagen när Olof kommer fram till ett skogsbryn, högt uppe på ett berg nära Falun. Istället för att gå tillbaka hem, till sin säkrade bunker, har Olof valt att återigen knalla hela vägen mot Falun.

Den senaste timmen har han följt motorljud. Ett tag skymtade han till och med Antons pickup så nära att han lade an AK-47:an för att skjuta – men så svepte de ner bakom den nedrasade Kopparbergs kyrka och försvann.

Nu står han ovanför Högbo, mitt ute i skogen, en bit från det gamla militärområdet. Motorljuden har återigen försvunnit. Men de var nyss här. Han går sakta över en vandringsled genom skogen med en ganska brant slänt på vänster sida. Han halkar till i snön, åker halvvägs nerför slänten och stannar inte förrän hans väska hakar fast i en tall. Han svär till.

Så hör han en röst!

– Stopp! Jag hörde något!

Olof ligger blick stilla. I ögonvrån ovanför sig ser han två figurer, misstänkt lika de som slagit följe med Anton. Hans AK-47:a ligger en bit bort. Han kravlar försiktigt dit, drar åt sig den. Så drar han in sig och all sin packning under en gran i slänten. Männen säger något – han hör inte vad. De verkar inte ha sett honom. Men de kommer gående på samma vandringsled som han nyss slant ner från.

De går förbi, bara ett par meter från honom.
Så vänder de.

– Vi går upp igen. Inget här. Måste ha varit ett djur, eller nåt.
– Okay.

Olof ser dem knalla tillbaka, upp mot en väg lite längre upp. Så hör han motorer. Som skuggor ser han bilarna åka förbi uppe längs vägen. Anton. Hela hans grupp.

Olof krälar bort en bit till, försöker hitta ett ställe där han kan se bättre. Men istället hamnar han bara längre bort. Han måste upp på vandringsleden igen. Klättrandes, halkandes, drar han sig upp. Hakar fast geväret, väskan, i grenar. Tur han fick handskarna. Det gör ändå ont. Får barr i ögonen, grenar överallt. Skär i ansiktet. Han börjar blöda. Han torkar kvickt av sig.

Snart kommer han upp på vandringsleden och börjar gå uppåt, följer de andra två personernas steg. Väl uppe på den gamla asfalterade skogsvägen ser han hur vägen fortsätter till ett stup – och där står majestätiskt ett av de två hopptornen fortfarande kvar. Det stora hopptornet är raserat, ligger som ett fallet mastodontträd längs hela backen. Det andra, mindre tornet, är kvar, men svartbränt. Skogen runt omkring är bränd här och där – men mycket har klarat sig.

Längst ute vid avsatsen ser han de två bilarna, samt nästan ett dussin män. Mitt bland dem står Anton.

Han säger någonting, berättar något. Olof kan inte höra vad. Är inte heller säker på om han vill höra. Nu finns ett bra tillfälle att verkligen helt enkelt meja ner dem allihop.

Olof sträcker på sig, drar upp AK-47:an till axeln, siktar på Antons huvud – och trycker av.

Klick!

Innan någon hunnit reagera slänger han sig ner i lingonriset och snön vid sidan av vägen. Han drar manteln bakåt, ett skott hoppar ur. Bättre lycka nästa gång? Men gruppen skingras. Ett par stycken går iväg och gör i ordning för en eld – ett par sätter sig i bilarna. Anton och ytterligare ett par andra lägger ut en karta på marken. Grupperna är för långt isär – Olof hinner aldrig döda dem alla från det här avståndet.

Han krälar längs vägen, bort mot den branta backen som sträcker sig ner mot Lugnet området. Det nedrasade stora hopptornet ligger nu bra i vägen för honom och Antons grupp. Han ser ingen av dem – de ser inte honom. Han reser lite på sig, smyger vidare, lunkandes.

Snart kommer han fram till en öppning i tornruinen. Alldeles vid foten av det andra, lilla, tornet. Han kikar upp. Det är bara två meter upp så ser han trappen till det lilla tornet. Kanske kan han ta sig upp där?

Nederdelen av det lilla hopptornets trapp är sönder-trasad, troligen när det stora tornet föll. Men lilla tornet ser ut att vara stadigt. Olof klättrar försiktigt upp på det stora tornets ruin. Det finns risk att Anton och de andra ser honom. Men det är lite disigt, börjar mörkna. Kanske har han tur? De är nog distraherade av elden.

Han är försiktig. Hoppar, men missar. Halkar till och trillar nästan ner på marken igen. Samlar sig. Den här gången måste det lyckas. Annars lär de upptäcka honom. Han hoppar, tar tag med bägge händerna om nederdelen av den skadade trappen.

Men han håller bara i händerna. Han drar. Hela honom måste upp. Olof kastar upp sitt vänsterben. Missar. Så igen. Han hakar i någonting. Får nästan panik när han inser att hans vänsterben nu sitter fast ett par meter ovanför marken.
Nu måste han upp!

Han drar allt han orkar, sliter sig upp, benet kämpar, armarna gör ont. Han kommer upp. Det skramlar till. Han hukar sig. Ser inte om de hört. Tittar de hit? Han väntar inte. Istället vänder han sig om och börjar smyga uppför ståltrappen.

***

Fönstren till det lilla tornet är utslagna. Eldstormen som följde atombomben över Borlänge, det stora hopptornet som rasade och brinnande träd har allt gjort sitt lilla till för att även försöka plocka ner det lilla tornet. Dörren som Olof kommer fram till i slutet av trappen, är däremot låst.

Närmaste ingång är ett trasigt glas – men det är mer än en meter bort, och det är fritt fall 10-15 meter rätt ner. Men han måste in. Olof trixar in sitt vapen, slänger in sin ryggsäck och så tar han tag om trappen. Han klänger sig över på andra sidan. Ett kliv så är han inne. Eller död.

Han halkar till, men får snabbt tag med handen i glasrutan som direkt spricker. Ett stort sår öppnas upp i handen – han kväver ett skrik. Andra handen

letar kvickt upp golvbalkarna. Han får ett löst tag.
Men han håller sig där. Blodet rinner innanför tröjan.
Handsken är blöt. Han sliter sig in, skrapar i pannan i
glaset, blöder mer.

Handsken dras av. I ryggsäcken har han förband. Såret
sköljs, men bara lite. Han vill spara vatten att dric-
ka. En värktablett. Det viktiga är inte han själv. Det
viktiga är Anton och hans män. Han måste göra sig
av med sin värsta fiende – de kommer att söka upp
honom, döda honom. Han kommer aldrig att vara fri
om han inte gör sig fri.

Olof drar upp sin AK-47 mot axeln, sätter sig ner på
golvet, lutar vapnet ut genom en trasig ruta. Han tar
sikte. Hinner han skjuta alla? Han måste.

Tre vid elden. En i den mindre bilen, två inne i pick-
upen. En som sover på flaket. Anton och två stycken
till vid en avsats. Tio stycken. Var dom inte tolv? Elva?
Han – eller är det en hon? - inne i den lilla bilen sitter
också och sover. Det blir nog svårast att träffa henne.
Honom? Anton är ett måste. Utan honom kommer de
andra att springa runt som yra höns. Jag tar honom
först, tänker Olof.

Han lutar vapnet mot rutan. Glaset spricker, men håller fortfarande ihop. Vinden virvlar in i det kalla tornet. Det är grått, det mörknar. Dis, dimma, damm. Svart snö faller sakta. Olof skjuter sitt första skott.

Anton reagerar med att hoppa bakåt, slår i axeln i personen bredvid – men ingen träffas. Stenflisor måste ha slagit upp i ansiktet på den tredje vid Anton, för han tar sig för ansiktet. Någon skriker till. Inte alla uppfattar vad som sker – men personen bredvid Anton drar upp sin pistol. Olof skjuter igen, träffar den pistolbeväpnade som segnar ner. Anton rusar mot pickupen.

Ett skott till. Personen som tar sig för ansiktet förlorar helt huvudet. De tre vid elden reagerar. Var är deras vapen? Han på flaket vet dock var hans AK-4:a är – och tre-fyra skott smäller in ett par meter ovanför Olof. De ser honom tydligen inte – men vet ungefär var skotten kommer ifrån.

Så skjuter Olof igen. Personen på pickupen segnar ner. Anton syns inte till. Var är han? Den lilla bilen startas. Två personer där. Är det Anton? Skott ekar igen, flera stycken den här gången. Bilens däck, bägge två på vänstra sidan – den mot Olof – exploderar, och bilen sladdar till. Den hasar nästan nerför slänten. Anton kastar sig ur. Ett nytt skott, bilens bakruta blir vit – sen röd. Personen i bilen måste ha dött omedelbart.

Så slår ett par skott in precis bredvid Olof. De vet var han är nu! Han kastar sig bakåt, in i lokalen. Det är en mindre restaurang. Bord, stolar – han snubblar över allt, slänger sig längre in i lokalen medans kulor viner lite överallt.

Pickupens motor vrålar. Olof ser hur passageraren i pickupen hjälper Anton in. De tre andra från läger-elden klättrar upp på flaket. De gör sig redo att åka. Den sladdar iväg, bort mot vägen som leder in i sko-gen. Om han förlorar dem nu – då finns det ingen chans.

Olof klickar ur magasinet, trycker snabbt i ett nytt. Tar sikte. Tar sig fram mot fönstret. Pickupen letar sig förbi den lilla bilen, knuffar till den så den börjar kana ner i slänten. Slutstycket. Skott.

Två av personerna på flaket slänger sig ner när kulor-na slår in i pickupens tak. Fordonet sladdar till och slår in i en sten till höger. Antons dörr är förseglad. Bilen försöker dra sig därifrån – den sitter fast. Bakljusen slås på – ilsket vita. Olof siktar, trycker sakta av. Flera skott slår in i bilen. Bakljusen slås ut, ett hjul träffas, rutan bak splittras. Folk skriker.

Någon hoppar ur. Olof avvaktar. Han ser bara en enda person. Är det Anton? Det är svårt att se. Så hör han en röst.

– Okay, okay! Sluta skjut! Sluta skjut!

Armarna höjs. En Scorpion avtecknar sig i ena handen. Det är Anton. Kommer han att skona Olof om Olof skonar honom?

Olof siktar på Anton. Vad som än sker så vill han inte ha en fiende. Vem ska döma honom? Att skrika på hjälp efter att ha försökt döda – inte bara Olof, utan halva Sverige – det är försent, helt enkelt.
Olof skriker:

– Om jag inte skjuter dig så skjuter du mig!

Anton skrattar till.

– Så det är du! Din lilla jävla slyngel! Ja, det ska du fan ha klart för dig – att om du inte skjuter mig nu så då jävlar ska du få se på –

Anton hinner inte reagera. Skottet tar i bröstkorgen. Han ser förvånad ut. Så smäller det till igen och ena armen slits formligen av. Han snurrar runt, slår ner i backen med en smäll.

När Olof klättrat ner kliver han fram till Antons kropp. Ser ner på den, kontrollerar att han är död. Även de andra. Alla tio – döda. Olof känner stor sorg över att ha behövt göra det han gjort – men vad hade han för val?

Han tänker på sin mor, sin far, sina vänner. På flickan han träffade utanför Edsken, precis efter katastrofen. Det vore trevligt med en vän. Någon man kan prata med. Kanske Erika. Kanske kan han träffa henne?

Olof tar ett par kliv förbi pickupen. Den är helt havererad. Framhjulet är bortslitet. De kraschade mer än Olof förstod där uppe i hopptornet. Han blundar, går längs skogsvägen och in i skogen.

***

Det är sent, kanske midnatt. Olofs klocka är trasig.
När gick den sönder? Han slänger in den i skogen.
Glaset är sprucket, en av visarna hade lossnat. Han
tar upp radion, vevar igång den och kontrollerar
frekvensen. Han trycker in mikrofonknappen.

– Hallå? Erika? Är du där?

Inget svar. Bara brus. Knaster. Kanske fel frekvens?
Det är mörkt. Ficklampan fungerar knappt. Han ser
inte mycket. Det ser ut att vara rätt. Han försöker
igen.

– Hallå? Hallå? Kan du höra mig?

Mera sprak och visslande ljud. Det ekar i hela skogen,
tycker Olof. Om någon hör honom. Var de inte tolv?
Var de tolv? Hur många dödade han egentligen?
Anton. De tre vid elden. En i bilen. Eller dog hon?
Han? Två... tre... fem i pickupen. Och så var det ju en
annan på pickupflaket först. Var det inte två till? De
där två som gick uppför vandringsleden!

Rör det sig i skogen? En skugga. Två skuggor. Kanske till och med tre. Olof släpper mikrofonen, drar ner volymen helt. Ett kort sprak – sen tyst. Ett knaster. Den gråsvarta snön lägger sig tyst i hans ansikte.

Där – igen. En skugga. En person. Det är en person. Olof fumlar efter vapnet – hur många skott har han kvar? Något överhuvudtaget? Han sköt en hel del, där uppe i hopptornet. Skuggan är borta. Syns inte till någonstans. Olof kikar runt – försöker få ett grepp om verkligheten.

Det är helt tyst. Mörkt. Han lyfter upp vapnet, sakta, mot axeln. Siktar in mot den svarta skogen, där skuggan syntes.

Han går framåt. Sakta. Som en soldat. De går så – han har sett det ett par gånger nu. Där är skuggan igen. Han skjuter.

Ingenting händer. Inget ljud. Inget skrik. Han tar ett par steg till. Så ser han ett par sopsäckar hänga i ett träd. En soptunna ligger omkullvält en bit bort. En rastplats. Han pustar ut. Han dödade nog alla, trots allt. Iallafall hoppas han det.

Återigen vänder han sig om, tar upp sin packning och går sakta mot militärområdet och vägen ut mot Svärdsjö.

* * *

En liten TV-butik längs vägen till Svärdsjö har klarat sig ganska bra. Ett gult hus, svagt gult såhär i nattens mörker. Dörrarna är fortfarande låsta, fönstren hela. Ett par av de andra husen i närheten är nedbrunna. Någonting har exploderat i ett stenhus en bit bort. Olof tänker på Mi-24:ans vapen – det påminner om hur nedslagsplatsen brukar se ut. Det ligger ett par kroppar längre upp längs vägen.

Olof går runt den gamla kåken, kommer fram till en källartrapp, och där nere en trädörr. Med AK-47:ans kolv slår han in rutan, räcker in sin bandagerade arm och låser upp. Han kliver in.

Det är dammigt, mörkt, lite kusligt. Kallt, rått. Det luktar konstigt. I trappen ligger en gammal man. Hans huvud och hals är utdragna, och kring halsen hänger en snara. Den har lossnat nu, men gjorde tydligen sitt jobb ett bra tag. Ett hål i cementtaket vittnar om att en krok hängt där. Olof tar ett par kvicka steg förbi liket. Upp in i en mindre butik. Ett drömställe för Olof. Före katastrofen hade det här varit fantastiskt. Om man hade haft massor med pengar, förstås.

Ett par skivspelare står precis bredvid trappuppgången. Bara nya pickupnålar kostar 450 kronor. Men där borta. I hörnet. En helt ny video! Olof skyndar bort. Det är en JVC 3300. Helt ny! Och alldeles bredvid, en liten fjortontums orange bärbar TV. Orkar han ta det här med sig? Han har ju radion att släpa på också. Men ja – det gör han!

Olof tar den tunga videobandspelaren under armen. Han får ner den i en tygkasse som ligger under disken. TV:n har ett handtag. Det är till och med en VHS! Inte en Betamax. Ännu längre in i butiken ser han ett par videokassetter. Alligator. Excalibur. Mad Max. De tre verkar mest intressanta. Han får inte ner fler i ryggsäcken iallafall, och han kan inte bära någon mer kasse. Det får räcka sådär. Han kan ju alltid komma tillbaka sen.

Efter att ha samlat ihop lite andra saker, som ett par kassettband (Blondie, Dëvo, Duran Duran), batterier, kablar och ett par läckra solglasögon (när ska han behöva dom?), så kliver han in i affärens lilla lunchrum. Kylskåpet stinker ruttet. Två läskburkar, men i övrigt är det mesta för gammalt och förstört.

En liten fåtölj får tjäna som säng en stund. Så vilar han. Slappnar av, tänker tillbaka på hur det var innan allt det här hände. Hur han mest spelade flipper, läste serier och åt snask. En iskall Pucko och en kokt med bröd. Det vore inte dumt. Men inte tänka på mat.

Han somnar.

* * *

Det har tagit honom ett par timmar, men vid morgonkröken skönjer han åter det välbekanta tältet med löjtnant Berger. Han hälsas kort av soldaterna – som vid det här laget nu tydligen känner igen honom.

Berger sätter sig upp på britsen när Olof kliver in.

– God morgon, Olof. Vad gör du här?
– Jag är på väg hem.
– Jag trodde du redan gått hem. Vad är du ute på nu då?

– Ville bara säga att problemet Anton är ur världen. Och fråga om någon kan... skjutsa mig hem. Jag har en del att bära på.

Berger ser ner på TV:n och videon i tygpåsen. Han skakar på huvudet.

– Även om... du vet, saker och ting inte är som de ska, så kan vi inte tolerera plundring.

Olof står still. Storögd. Berger ler. Han viftar med armen. Skakar på huvudet.

– Nåväl... Så vad hände? Förstod du att de inte jagade dig?

Berger ler. Olof skakar på huvudet.

– Vad ska du med det där till då, frågar Berger.
– Videon? Se på film, såklart! Olof ser undrande ut.
– Men har du nån ström då?
– Jo... jo, jag har...

Han väntar. Kanske dumt att säga att han har ett militärt bergrum som hem? De kanske tar det från honom?

– Jag tror det. Tänkte prova, iallafall.

Berger skrattar till.

– Yngström kan köra dig en bit. Säg till honom. Men du... kom inte tillbaka hit. Det är farligt.
– Okay. Tack.
– Ta hand om dig, grabben.

Olof kliver ut ur tältet, möter Yngström och får skjuts i samma gamla bandvagn som förut. Han börjar vänja sig vid skumpandet.

* * *

Väl inne i sin lilla bunker förstår Olof ganska snart att generatorn snart kommer att behöva mer diesel. Men han klarar sig nog någon mer dag. Bergrummet är ju gjort för sex personer.

Han möblerar TV:n och videon, lägger upp sina nya filmer som i ett bibliotek. Bredvid varandra på skrivbordet. Han tittar stolt på vad han fått tag på.

Videon och TV:n pluggas in. Han startar dem.

Kikar ner på kassetterna. Vilken ska han se först? Mad Max verkar lite för mycket action – det har han fått nog av, idag iallafall. Excalibur. Riddare. Nej, det får bli Alligator. Skräckfilm om en alligator i Chicagos kloaksystem. Det låter häftigt, tycker Olof.

Och den där tjejen. Robin Riker. Har han inte sett henne någonstans? På TV? Någon TV-serie, kanske. Men det mesta han sett på TV på sistone är M*A*S*H. Var hon med där? Han minns inte.

En burk med korv och bönor i tomatsås. En burk med Coca Cola. Och så TV:n. Alligator. Den börjar iallafall bra. Alligatorn hugger en person i armen. Ser inte alls ut som i verkligheten, tänker Olof. Han vet. Han kommer ihåg hur Antons arm såg ut efter att den blivit sönderskjuten av hans Kalasjnikov.

För bara ett par veckor sedan visste inte Olof detta. Han hade sett filmen och bara tyckt att den varit häftig. Nu klagar han på att det inte ser verkligt ut.

Han funderar på de andra nio personerna. Vilka var de, egentligen? Det oroar honom att han inte kunde kontakta Erika. Han funderar.

Det har snart gått en kvart av filmen. Olof tittar upp
– han har helt glömt den. Han kommer på sig själv
genom att fundera på om ett flipperspel skulle gå in
där i hörnet, bredvid sängen. Kanske. Men hur skulle
han få dit det? Han måste ha tag i ett bra fordon. Det
måste finnas massor. Förresten måste han ändå få tag
i diesel snart. Kanske bättre att göra sig i ordning för
att ut och söka förnödenheter, istället för att kolla
video?

Bara en stund till. En liten stund till.

www.ingramcontent.com/pod-product-compliance
Lightning Source LLC
Chambersburg PA
CBHW051926240626
47153CB00004B/1379